THEATERBIBLIOTHEK

Dario Fo
Der Papst und die Hexe

Mitarbeit Franca Rame
Aus dem Italienischen
von Renate Chotjewitz-Häfner

Verlag der Autoren

Titel der Originalausgabe:
Il Papa e la strega

CIP-Titelaufnahme der Deutschen Bibliothek
Fo, Dario
Der Papst und die Hexe / Dario Fo. Aus dem Italien. von Renate Chotjewitz-Häfner. – Frankfurt am Main : Verl. der Autoren, 1990
(Theaterbibliothek)
Einheitssacht.: Il Papa e la strega <dt.>
ISBN 3-88661-117-5

2. Auflage 1997

Druck: betz-druck GmbH, Darmstadt

Printed in Germany

In der Genesis heißt es, die erste Frau sei nicht Eva gewesen, sondern Lilith.
Ein Weib, das sich weigerte, dem Mann untertan zu sein ... Sie forderte uneingeschränkte Autonomie, und war deshalb die erste, die das Paradies verlassen mußte.
Ich glaube, Franca stammt von diesem sonderbaren weiblichen Geschlecht ab.
Sie tritt mit mir auf, tut jedoch alles, um mir im Stil nicht zu gleichen; hat ihren eigenen Stil.
Sie arbeitet an der Textfassung mit, aber immer gleichberechtigt.
Nicht eine Zeile akzeptiert sie ohne Diskussion, dieser Quälgeist!
Doch wehe, ich hätte diesen dauernden Stachel nicht, alles umzuschreiben, zu verbessern, hinzuschmeißen, und da capo auf die Bühne, mit Leidenschaft.
Diese Textausgabe hat Franca besorgt.
Franca hat den Text nicht einfach ediert, sie hat ihn genährt, großgezogen und fürs Theater lesbar gemacht. Mit Klugheit und wahrer Hingabe.

Dario Fo

Personen:

Der Papst, 1. Kardinal – Privatsekretär, 2. Kardinal, 3. Kardinal, 1. Nonne – Assistentin des Papstes, Priester – Pressereferent, Streichquartett des Vatikans (2 Priester, 2 Nonnen), Kleiner Mönch Giftkoster, Hauptmann der Schweizer Garde, Einige Wachen Professor, 2. Nonne – Magierin, Brasilianische Nonne, 1. Junge – Junkie, 2. Junge – Junkie, 1. Mädchen – Junkie, 2. Mädchen – Junkie, Ärztin – Junkie, Assistentin der Magierin, Säufer, 1. Frecher, 2. Frecher

Das Stück kann von 12 Schauspielern bei folgender Rolleneinteilung gespielt werden:
Feste Rollen:
Der Papst, Magierin (2. Nonne),
1. Kardinal, Professor
Mehrfachbesetzungen:
2. Kardinal – 1. Frecher
Priester Pressereferent – Junkie – 3. Kardinal
1. Nonne – Assistenzärztin
Hauptmann der Schweizer Garde – 2. Frecher
Priester vom Streichquartett – Säufer – Kleiner Mönch Giftkoster
Wache – Junkie
Nonne vom Streichquartett – Junkie – Brasilianische Nonne
Nonne vom Streichquartett – Junkie

Prolog

Ich stehe hier, um Euch einen großen Kummer anzuvertrauen. Die Rolle, die ich allabendlich spiele, macht mir regelrecht Angst. Es geht um den Papst, kurz gesagt: der Papst droht mir, er steht mir bevor. Und das macht mir unheimlich zu schaffen. All die Figuren, die ich bisher dargestellt habe, habe ich stets mit großem erzählerischen Abstand gespielt, das heißt, ich habe immer versucht, mich von ihnen zu distanzieren, also nicht, wie man so sagt, in ihre Haut zu schlüpfen. Stattdessen spüre ich, seit ich diese pontifikale Rolle spiele, wie ER mir auf die Pelle rückt, mich förmlich auffrißt. Zuhause mußte ich feststellen, daß ich in einer Art gestikuliere, die mir fremd ist: recht weihevoll, auch wenn es um stinknormale Sachen geht, das gleiche auf der Straße, beim Spazierengehen. Gestern ist mir etwas Entsetzliches passiert. Da kamen mir ein paar junge Männer entgegen, grüßten mich – »Ciao Dario« – und ich merkte nicht einmal, wie ich – *er macht die typische päpstliche Segensgeste* – sie segne. Ist mir so rausgerutscht!
Gleichzeitig sehe ich mit Befriedigung, umgekehrt klappt es genauso gut. Genau wie wir unter dem Einfluß des Heiligen Vaters stehen, so wird ER davon beeinflußt, daß er von einem Schauspieler regelrecht verdoppelt wird. Wir haben diesen Eindruck. Ich riskiere vermutlich anmaßend zu erscheinen, vielleicht bilde ich mir zuviel ein, aber bestimmt beobachtet uns der Papst, ganz sicher kennt ER den Text. Gleich am ersten Spieltag ist ein sehr distinguierter Herr aufgetaucht, den hatte ER beauftragt, fünfzehn Textbücher zu kaufen; und ER hat den Text sehr

aufmerksam gelesen. Tatsächlich ist dann vor einem Monat etwas Überraschendes passiert.
In Rom fand eine große Kundgebung statt, unterstützt von all den Bewegungen, die Druck ausüben, damit das repressive Drogengesetz nicht nur vom Senat, sondern auch vom Parlament abgesegnet wird. Ich meine dieses Gesetz, das nicht mal mehr die kleinste Drogenmenge zugesteht, was bedeutet, daß jeder Drogenabhängige bestraft und verfolgt wird. Eine Menge Leute sind gegen das Gesetz, nämlich neunzig Prozent derjenigen, die sich um die Arbeit mit den Drogenabhängigen kümmern, darunter übrigens eine Menge Priester. Gut, bei dieser Kundgebung hatten sich die Befürworter dieses Drogengesetzes versammelt: also »Kommunion und Befreiung«, die Sozialisten, etliche Christdemokraten – einige Tausend Leute hatten sich auf dem Petersplatz, unter dem Fenster des Papstes, eingefunden und forderten IHN lautstark auf, er möge ans Fenster treten. Doch ER kam nicht. Er hat sich, kurz gesagt, geweigert durch seine Gegenwart ihre repressive Position zu bekräftigen, ja ER hat sich, indem er seine Zustimmung verweigerte, sogar dagegen ausgesprochen. Merkt Ihr, was für eine unglaubliche Wandlung dieser Papst in jüngster Zeit durchgemacht hat? Neulich, in Volterra, wo er sich mit ein paar jungen Drogenabhängigen traf, die in diesem entsetzlichen Knast einsitzen, hat er das noch unterstrichen. Er wandte sich an die Sozialarbeiter und das Gefängnispersonal und sagte einen Satz, der, man höre und staune, in unserem Bühnenmanuskript steht, seit vor drei Monaten die erste Druckfassung erschien. Der Papst sagte folgendes: »Wir müssen auch für diese unsere Kinder Verständnis aufbringen, die in einem Abgrund gestürzt

sind, in schlimme Entfremdung . . .« Das ist der Satz! Und ich möchte den sehen, der mir beweist, das sei bloßer Zufall! Anfangs war ich verblüfft, erwog sogar, an den Schriftstellerverband zu schreiben: »Seht Ihr, der Papst klaut.« Aber dann hab ichs mir anders überlegt. WIR LEUTE VOM THEATER MÜSSEN ZUSAMMENHALTEN!

Es gibt noch einen Grund, weshalb ich vor dem Vorhang stehe. Um diese ewige Trennwand im Theater zu zerstören, also diese Art Vorhang, die man auch die dritte oder vierte Wand nennt. Sie blockiert die Beziehung zwischen uns. Deshalb muß die Stimmung kurz sondiert werden. Ich stehe hier, um zu prüfen, wie schnell Ihr eine ironisch-sarkastische Situation erfaßt, ob Ihr fix seid oder etwas hinterherhinkt, das heißt, ich versuche herauszufinden, mit was für einem Publikum wir es Abend für Abend zu tun haben.

Aus diesem Grund hab ich einige Lacher provoziert. Na schön, ich muß zugeben, ich habe ein ausnehmend gutes Publikum vor mir, beinah hätte ich gesagt ein hervorragendes, aber wir wollen nicht übertreiben: »ausnehmend gut mit beachtlichem Tempo.« Ein paar von euch müssen noch warm werden, aber das kommt. Die müßt Ihr anderen mitreißen.

Bevor ich gehe, möchte ich an eine Erkenntnis von Jean Paul Sartre erinnern. Er sagte: »Unser Wesen, ob wir uns für wichtig halten oder nicht, wird von den Anderen bestimmt, von denen, die uns zuhören. Befindest du dich einer oder mehreren Personen gegenüber, die deinen Worten zustimmen, sie unterstützen und eventuell mit Gelächter und Worten kommentieren, dann fühlst du dich wirklich klug, sympathisch, unwiderstehlich. Wenn dein Gegenüber jedoch eine Person ist, die dich gar nicht wahrnimmt, die angesichts deiner Reden buchstäblich abgelenkt ist, die sich ganz offen gelangweilt zeigt, die dir nicht zustimmt, ja sogar gähnt und womöglich direkt vor deiner Nase eine Zeitung aufschlägt, dann allerdings fühlst du dich wie ein kompletter Idiot.«

Bitte sorgt dafür, daß wir uns heute Abend wahnsinnig klug vorkommen.

Danke. *Verläßt die Vorbühne.*

Erster Akt

Ein Korridor im Vatikan vor den Gemächern des Papstes.
Eine Wand, die quer über die Bühne geht, zeigt ein großes Figurenfresco im Stil des 16. Jahrhunderts. Musik vom Band. (Gesang: Dario Fo)

Lied vom Ursprung

Adam war grad geboren
da machte Gott sich Sorgen
weil Adam dieser Prototyp
wie ein verlorenes Kind dasaß
mitten im Paradiese
mit einer Jammerfresse
sah melancholisch drein
er wußte nicht was lachen ist
voll Griesgram sah er drein.
Um Adam froh zu sehen
hat Gott die Frau erschaffen
er formte sie recht feminin
mit Kurven noch und nöcher
und kaum sahn sich die beiden an
da wars um sie geschehen
Adam fing an zu zittern
und Eva wurde – schwach.

War das ein Stöhnen Jubiliern
mit Küssen Knutschen Tiriliern
das Unvermeidliche geschah
sie liebten sich ganz wunderbar
Oh Liebe zart im Wasser
Oh Liebe auf den Bäumen

Du Liebe auf der Schaukel
sogar am Feiertag.
Doch Gott der sonst alles weiß
dies hatte er nicht vorgesehn
und eifersüchtig wie ein Bock
wirft er sie aus dem Eden
»Ach Frau du elendes Geschöpf«
schrie er und in Sekunden
war der Sündenfall erfunden.
Ein Gott ein Wort – in Sekunden
war der Sündenfall erfunden.

Am Ende des Lieds kommt ein Kardinal: der Privatsekretär des Papstes. Ein Funkgerät piept. Der Kardinal schaut sich um, lupft vorsichtig die Soutane und entnimmt einer innen angebrachten Tasche ein Funkgerät. Er zieht die Antenne heraus.

1. KARDINAL Was gibts denn ... ja, ich stehe direkt vor seinem Zimmer... Genau, er ist sehr spät dran.. ob er noch drin ist, oder schon unterwegs? Keine Ahnung ...

Eine Nonne läuft eilig über die Bühne.

1. KARDINAL *versucht sie aufzuhalten* Einen Moment, Schwester, hört, könnt Ihr...
1. NONNE Bin sofort wieder da, Eminenz, habe einen dringenden Auftrag. *Sie geht im Laufschritt ab.*
1. KARDINAL Die Schwester, die ihn betreut, ist wie der Blitz verschwunden, ich hab sie nicht aufhalten können ... Schon möglich – vielleicht ist er runter, um die Kinder zu sehen ... wieso welche Kinder? Schau doch mal raus auf den Platz! *Der Hauptmann*

der Schweizer Garde überquert die Bühne. Sie kommen schon seit dem Morgengrauen, zu der sogenannten »Kundgebung der Unschuldigen!«... Wie kommst du darauf, ich wüßte nicht, daß für heute nachmittag ein Treffen mit ihnen geplant ist? Schließlich bin ich für das Tagesprogramm zuständig!... Ah, da kommt wieder die Schwester, bis später.

Er verstaut sein Funkgerät ungeschickt, vergißt, die Antenne einzuschieben; sie beult die Soutane aus. Die Schwester kommt. Sie trägt ein Tablett mit einem Krug und einem Glas, die eine Serviette bedeckt.

1. KARDINAL Schwester, Moment, wartet doch!
1. NONNE Jaja... *Zeigt auf die Beule in der Soutane.* Entschuldigung, Eminenz, was habt ihr dort?
1. KARDINAL Ach nichts, die Antenne... *Er dreht der Schwester den Rücken zu und hantiert, um die Antenne einzuschieben.*
1. NONNE Kann ich helfen?
1. KARDINAL Nicht nötig. *Schiebt die Antenne ein.*
1. NONNE Also gut, dann gehe ich wieder, wenn Ihr erlaubt, ich habe es sehr eilig.
1. KARDINAL Nein, wartet, ich möchte bloß wissen, ob der Heilige Vater... Was ist denn der Grund für seine Verspätung?
1. NONNE Ich kanns nicht ändern, Eminenz, wenn...
1. KARDINAL Ihr könnt es nicht ändern? Es geht doch um eine außergewöhnliche Angelegenheit! Zum ersten Mal in der Geschichte der Kirche ist ein Pontifex bereit, sich mit Journalisten aus aller Welt zu treffen. Er hat eingewilligt, sich ihren Fragen zu

stellen, ganz so, als sei er ein x-beliebiger amerikanischer Präsident – und alle Sender sind live dabei!

1. NONNE Ich verstehe, aber wenn etwas Unvorhergesehenes passiert …

1. KARDINAL Etwas Unvorhergesehenes? Ihr scherzt. Unten, der Saal ist gerammelt voll mit Journalisten … *Er hebt die Serviette vom Krug und gießt sich ein. Die Schwester versucht vergeblich ihn daran zu hindern.* Und was soll ich denen erzählen? *Trinkt und gießt nach.* Ein Schlückchen …

1. NONNE Wer hat denn geahnt, daß ihn die Kinder derart aus der Fassung bringen?

Ein Priester geht über die Bühne.

1. KARDINAL *senkt die Stimme* Wundert Euch das? Bei Kindern gerät er doch jedes Mal außer sich, er küßt sie und küßt sie! *Trinkt.*

1. NONNE Es ist hier nicht angebracht, sarkastisch und respektlos zu sein, Eminenz.

1. KARDINAL Ich und sarkastisch … *Er gießt nach.* Ich schätze, es sind so um die hunderttausend Kinder, alle auf dem Petersplatz?! Stellt Euch das vor … wär das ein Fest, beim Herodes!

1. NONNE Spart Euch den ironischen Ton, Eminenz. Es ist eine schrecklich ernste Geschichte! Er ist in einer furchtbaren Krise, er zittert …

1. KARDINAL Tatsächlich? Und wann ist das passiert?

1. NONNE Vor einer Stunde etwa.

1. KARDINAL Aber Schwester! Das sagt Ihr mir erst jetzt?

1. NONNE Er selbst, seine Heiligkeit wollte es nicht: »Sagt es um Himmelswillen nicht weiter! Wo hier

überall Journalisten rumlungern. Ihr versteht, wenn das jemand erfährt!«

1. KARDINAL Da muß ich ihm leider recht geben. *Das Funkgerät piept wieder. Ein Kardinal geht über die Bühne.* Herrjeh, schon wieder. Ihr entschuldigt mich, Schwester... *Die Schwester dreht sich etwas weg, um nicht beobachten zu müssen, wie der Kardinal in der Soutane hantiert.* Ja, wer da, hallo... *Das Gerät piept weiter.*

2. KARDINAL Das ist mein Walkie-talkie, Eminenz. *Er zieht das Gerät aus dem Ärmel und hält es ans Ohr.* Ja... hallo... Hallo!

1. NONNE Aha, mein Funkgerät meldet sich... *Sie will verschämt ihren Rock lupfen.*

1. KARDINAL Nein, das ist mein Walkie-talkie...

2. KARDINAL Am Tag des Jüngsten Gerichts werden uns noch die Engel über Funk zu sich rufen... und wehe dem, dessen Batterie nicht geladen ist! *Geht ab.*

1. NONNE *zum 1. Kardinal* Würden Sie sich bitte abwenden? *Sie zieht das Gerät unter dem Rock vor.* Ja... Ja, ich bin dran. – Großartig, ja, laßt sie sofort passieren. Am besten, Ihr begleitet sie...

Beide verstauen ihr Funkgerät, wobei sie vergessen, die Antenne einzuschieben.

1. KARDINAL Darf man fragen, Schwester, wer angekündigt wurde?

1. NONNE Professor Ridolfi mit einer Assistentin.

1. KARDINAL Welcher Ridolfi? Meint Ihr diesen Psychiater?

1. NONNE Der Professor ist keineswegs ein normaler Psychiater, sondern Neurologe, Pathologe sowie Facharzt für Nervenleiden.

1. KARDINAL Das sage ich doch. Es erscheint mir etwas übertrieben, eine solche Kapazität einer simplen kindlichen Idiosynkrasie wegen zu bemühen... ich wollte sagen, gegenüber Kindern.

1. NONNE Leider bin ich anderer Meinung, dies ist kein Fall von einfacher Idiosynkrasie. Zum anderen hat er selber darauf bestanden, daß der Professor persönlich gerufen wird.

1. KARDINAL Na, wenn das so ist... *Er trinkt.* Köstlich! Was ist das?

1. NONNE Sein Abführmittel. *Der Kardinal reagiert gefaßt.* Da kommt er!

1. KARDINAL Heilige Jungfrau.

Der Professor kommt. Er trägt ein Arztköfferchen.

1. KARDINAL Herzlich willkommen, Professor.

PROFESSOR Guten Tag Eminenz. Die Wache hat mich so lang aufgehalten, Eure Schweizer, man hat mich durch den Metalldetektor geschleust, und mir sogar das Hämmerchen zur Reflexüberprüfung abgenommen.

1. KARDINAL Nun ja, seit der Botschaftsaffäre in Panama* sind sie arg pedantisch geworden. Und Eure Assistentin?

* Anspielung auf General Manuel Antonio Noriega, Diktator Panamas, genannt »Ananasgesicht«. Er baute Panama zum Zentrum des internationalen Kokain- und Marihuanahandels aus. Die Reagan-Regierung deckte Noriega, denn er war beim Geheimkrieg gegen Nicaraguas Sandinisten behilflich – in Panama wurden Contras ausgebildet. Noriega spielte jahrelang US-Geheimdienste gegeneinander aus. Im Dezember 89 ließ Präsident Bush 25 000 US-Soldaten in Panama einmarschieren, um Noriega zu stürzen. Dieser flüchtete am Heiligabend in die päpstliche Nuntiatur. Verteidigungsminister Cheney verlangte vom Vatikan seine Auslieferung an die amerikanische Justiz.

PROFESSOR Wenn ich das wüßte ... ich fürchte, sie ist in einem der Korridore verloren gegangen.

Die Assistentin des Professors kommt: die zweite Nonne. Sie trägt zwei große Taschen und einen geschnitzten afrikanischen Bogen.

2. NONNE Endlich, da bin ich! Professor, Ihr habt mich in den Korridoren des Vatikans stehen lassen! Zwei Mann von der Schweizer Garde hielten mich fest, die wollten mich partout nicht durchlassen. Wegen dem geweihten Bogen, dem Geschenk für den Heiligen Vater! »Waffen im Vatikan? Niemals!« Schließlich haben sie die Pfeilspitzen abgebrochen und mir noch sämtliche Federn ausgerupft. Dann verlangten sie, ich soll auf die Schamteile von diesen nackten Männchen – *zeigt auf den Bogen* – Blätter machen ... und ich hatte keine! Sie haben Briefmarken draufgeklebt, eigenhändig, Sondermarken vom Heiligen Jahr.

1. KARDINAL Unser Sicherheitsdienst ist etwas pedantisch. Aber gut, daß Ihr da seid. Ich bin sicher, Ihr werdet alles im Handumdrehen regeln. Ihr müßt wissen, der Saal unten quillt über von wartenden Journalisten. Wie lang wird es dauern?

PROFESSOR Aber Eminenz, ich weiß noch gar nicht, worum es sich genau handelt. Laßt mir wenigstens die Zeit ...

1. KARDINAL Oh, laßt Euch Zeit. Wenn ihr erlaubt – ich bin der unmaßgeblichen Meinung, es handelt sich hier um einen Streßzustand verursacht durch Bluthochdruck.

PROFESSOR Hoffentlich behaltet Ihr recht.

1. KARDINAL Folgt mir, ich zeige Euch den Weg.

PROFESSOR Ach bitte, Eminenz, ich ziehe es vor, die Visite allein zu machen. Ihr versteht?

1. KARDINAL Gewiß. Wie das Sprichwort sagt: Zuerst tritt der Arzt ein – und nach ihm der Beichtvater mit dem heiligen Öl.

PROFESSOR So ist es. *Zur Schwester.* Auf, Schwester, gehen wir...

1. KARDINAL Haltet mich auf dem laufenden, Professor, ich warte hier draußen, voller Spannung.

PROFESSOR Ihr dürft ruhig gespannt sein.

Orgelmusik. Der Bühnenvorhang mit der A-fresco-Malerei wird hochgezogen. Ein Raum mit vielen Säulen. Rechts in der Ecke vier weit geöffnete Fenster; hinten links ein großer Vorhang. Die Bühne ist leer.

PROFESSOR Eure Heiligkeit? Heiligkeit, wo seid Ihr?

Hinter dem Vorhang taucht eine Marionette auf, die dem Papst perfekt nachgebildet ist. Gleichzeitig streckt der Papst an einer anderen Stelle den Kopf aus dem Vorhang.

PAPST Hier bin ich! Und wer seid Ihr?

PROFESSOR Wer soll ich sein? Ihr habt mich rufen lassen!

PAPST Ach, Ihr seids, Professor! *Aus der anderen Ecke des Vorhangs taucht die Papstbüste auf.* Na endlich! Seid mir gegrüßt, Professor!

PROFESSOR Was soll denn die merkwürdige Inszenierung? Der doppelte Papst?!

PAPST *tritt ganz aus dem Vorhang hervor. Er trägt die bewegliche Papstmarionette* Dieser hier ist natürlich nicht echt! Wo heutzutage so viele Regierungen stürzen, wo Mauern zusammenbrechen, da ist es immer gut, einen Doppelgänger zu haben. Sagt ehrlich, ist er nicht hübsch? Geschenk eines Bildhauers aus Palermo, er modelliert diese Köpfe für sizilianische Marionetten... *Er lacht vergnügt.* Wenn ich es müde bin, mich am Fenster zu zeigen, dann lasse ich ihn an meiner Stelle hinausschauen.

PROFESSOR *besorgt* Ihr fühlt Euch doch wohl, Eure Heiligkeit, ja?

PAPST Ja. *Er zeigt auf die Schwester, die den Professor begleitet.* Wer ist diese Nonne? Sie gehört zu Euch? Ist ihre Anwesenheit erforderlich? *Das Telefon klingelt, er nimmt ab.* Hallo? *Lärm ertönt; laute Rockmusik.* Wer spricht da? Wie? Panama... die Nuntiatur? Was ist das für ein Lärm!... Die Marines sind wieder da ... was wollen sie ... Noriega? Dieser Narco-Drogenschieber, der in die Botschaft eingedrungen war ... ist zurückgekommen, wie? In einem Ananastransport versteckt?! Er soll sofort wieder an die Amerikaner ausgeliefert werden! *Legt den Hörer auf.* Immer dieser Noriega – seit er gehört hat, die Religion ist Opium für das Volk, gibt er keine Ruhe mehr! *Zum Professor.* Wer ist die Nonne, fragte ich. Woher kommt sie?

PROFESSOR Eine ganz unentbehrliche Mitarbeiterin, eine meiner Assistentinnen. Macht Euch wegen ihr keine Gedanken, sagt lieber...

PAPST Ich mache mir aber Gedanken, weil mir ihr Gesicht bekannt vorkommt. Könnte sie mal ihre Haube absetzen, wäre das möglich?

PROFESSOR Die Haube? Aus welchem Grund?

PAPST Ich bin mir nicht sicher, ob sie wirklich eine Nonne ist.

PROFESSOR Tatsächlich! Ihr macht mir Sorgen, Heiligkeit. Wie kommt Ihr bloß auf so einen absurden Verdacht! *Zur 1. Nonne, Assistentin des Papstes.* Es sieht doch schlimmer aus, als ich vermutete.

PAPST Ich habs gehört! Auch Ihr haltet mich für verrückt!

PROFESSOR Wer sollte Euch für verrückt halten ...

Draußen hört man Kindergeschrei.

PAPST Still! Hört ihr das Geschrei? Schon wieder sind Kinder auf dem Platz eingetroffen ... Macht sofort die Fenster zu!

Die 1. Nonne schließt eilig die Fenster, mit Hilfe der 2. Nonne. Das Geschrei verstummt.

PROFESSOR A propos, was ist an der Geschichte dran? Angeblich habt Ihr Euch aus Angst vor den Kindern eingeschlossen?

PAPST Ja, das stimmt ... *Er zeigt aufs Fenster.* Seht Ihr? Es werden immer mehr ... Aber die Kinder mit ihrem Geschrei, die machen mir weniger Angst. Man will mich in einen Hinterhalt locken!

PROFESSOR Was für ein Hinterhalt? Und wer soll das planen?

PAPST *sieht sich mißtrauisch um* Ein Komplott wird geschmiedet!

PROFESSOR Ein Komplott?! Welcher Art?

PAPST Ist das möglich? Ihr habt nicht die geringste Vorstellung?

2. NONNE Gestattet Ihr, daß ich mich einmische, Heiligkeit ... Ich kann mir vorstellen, worum es geht.

PAPST Mal sehn, ob ihr scharfsinniger seid, als der Professor.

2. NONNE Vorhin, als ich über den Platz ging, bin ich kurz stehengeblieben, um mir diese Kinder genauer anzuschauen. Da fiel mir auf, es sind durch die Bank Mestizen und Mulattenkinder, aus Südamerika, und von den Philippinen, und Negerchen...

PAPST Bravo, Ihr seid auf der richtigen Spur... das heißt, alles Kinder aus der Dritten Welt.

2. NONNE Ja. Dann hab ich herumgefragt und entdeckt, fast alle Kinder sind von ihren Eltern ausgesetzt worden, also Findelkinder...

PAPST Ganz genau. Kompliment. *Er zeigt auf einen Stuhl.* Bitte setzt Euch.

PROFESSOR Kompliment, wofür? Worauf wollt Ihr hinaus?

PAPST Aber Professor, strengt Euch ein wenig an, laßt Eure Phantasie spielen. Wer könnte, Eurer Ansicht nach, all die Kinder aufgelesen haben? Und wer hat ihren Transport organisiert, bis hierher nach Rom, zu mir?

2. NONNE Darf ich helfen, Professor? Vermutlich handelt es sich um eine mächtige Organisation, die sehr finanzkräftig ist.

PAPST Richtig! Wie habt Ihr das erraten?

PROFESSOR Das ist doch kein Geheimnis, es steht in jeder Zeitung... Ihr meint die IBSVK, die »Internationale Bewegung zum Schutz verlassener Kinder«!

PAPST Und zu welchem Zweck sollte die IBSVK sich die, im übrigen sehr kostspielige, Bürde aufhalsen, all diese Kinder zu mir zu bringen?

PROFESSOR Wahrscheinlich aus dem gleichen Grund, weshalb alljährlich Millionen Christen nach

Rom kommen – nämlich um Euch in persona zu sehen, zu hören, und Euren Segen zu empfangen.

PAPST Wirklich? Alle elternlosen Kinder, sei es in Afrika, Brasilien, Columbien oder Indien, verspüren ganz spontan, von Geburt an, den unwiderstehlichen Drang: »Ich will ihn sehen, il papa, den Papst! – Du meinst doch, deine Mama? – Nein, il papa, den Papst, und sonst niemand!«

2. NONNE *lacht* Also ehrlich, Ihr seid sehr geistreich, Heiliger Vater!

PAPST Danke, sagt doch gleich Witzbold.

2. NONNE Übrigens, ein paar Jungen aus Sambia, die gehört haben, ich gehe zu Euch, haben mich beauftragt, Euch diesen Bogen zu überbringen ... ein heiliger Bogen ... *Sie übergibt ihm den Bogen* ... mit Briefmarken vom Heiligen Jahr!

PAPST Wie nett! Mit all den aufgereihten kleinen Kerlen – das sind ihre religiösen Oberhäupter ... Einer hockt dem andern auf dem Kopf, je nach Rangordnung ... das da ist ein Papst, dies ein Kardinal. Man stelle sich vor, das würde im Vatikan eingeführt! Und ich müßte mit all meinen Kardinälen auf dem Kopf durch die Gegend rennen ... balancieren ... Poletti, Casaroli ... Was ein Ärger, wenn ich diesen Poletti* auf dem Kopf sitzen hätte ... Hoppla! Oh, Poletti, das tut mir leid!

* Kardinal Poletti war unter Woytilas Vorgänger Paul VI. »Außenminister« des Vatikans, Mitwisser von Marcinkus, dem Bankier des Vatikans; auch in den Zusammenbruch der »Banco Ambrosiano« verwickelt. 1977 kabelte Kardinalvikar Poletti an den damaligen Ministerpräsidenten Andreotti (DC) seine Empörung über die Fernsehübertragung von »Mistero buffo« von und mit Dario Fo.

PROFESSOR Seht Ihr? Es ist eine Geste tiefer Zuneigung, Heiligkeit …

PAPST Den Poletti abstürzen lassen?

PROFESSOR Nein, das mit dem Bogen! Ich wäre weniger voreingenommen. Offenbar haben die Organisatoren das für eine großartige Idee gehalten: Einige tausend der allerunglücklichsten Kinder dieser Welt aufzulesen, um ihnen dieses außergewöhnliche Privileg zu verschaffen!

PAPST Ach so. Und ich wäre ein Verrückter, ein Phantast! *Er gibt den Bogen der 1. Nonne, sie stellt ihn an die Wand.*

PROFESSOR Das versteh ich nicht … dann wäre ich ja verrückt?

2. NONNE Aber Professor. Habt Ihr nicht den Verdacht, bei diesen angeblichen Kinderschützern könnte es sich um Falschmünzer handeln? Hab ich recht, Heiligkeit?

PAPST Mehr als recht.

2. NONNE Also um eine Organisation, die sich scheinheilig hinter einem humanitären Etikett verbirgt – mit wer weiß was für Absichten!

PAPST Oh, endlich einmal eine gescheite Person! Ihr habt uns geschlagen!

PROFESSOR Anders gesagt, ich bin der geborene Idiot.

PAPST Was ärgert Ihr Euch? Hab ich vielleicht behauptet, Ihr wärt der Präsident der Liga Venetiens oder der Lombardei?*

* Liga Venetiens und der Lombardei: Liga, eine regionale Vereinigung diverser nationalistisch-patriotischer Strömungen, gegen den Mezzogiorno gerichtet. Die »Lega« beteiligt sich auch an Wahlen.

PROFESSOR Wenn die Leute aber gar nicht zu dieser Organisation gehören, wie sie behaupten – wer sind sie dann?

PAPST Nichts anderes, als ein Zusammenschluß von irgendwelchen fanatischen Verfechtern der Geburtenkontrolle, die mit allen Mitteln die kostenlose Abgabe von allen möglichen Empfängnisverhütungsmitteln durchsetzen wollen.

2. NONNE Mich würde nicht wundern, wenn sich hinter diesem Komplott als Sponsoren die amerikanischen Pharmakonzerne und die Intimhygieneindustrie versteckten.

PAPST Richtig, die Intimhygieneindustrie ... das war mir entgangen! Kompliment, Schwester!

PROFESSOR Entschuldigung, ich fürchte, Ihr seid auf dem besten Weg in die Paranoia ... vor allem Ihr, Schwester!

PAPST Soso. Dann steht wohl auch der Geheimdienst des Vatikanstaats kurz vor der totalen Paranoia, wenn er mir derartige Informationen vorlegt. *Nimmt eine auffällige Mappe vom Tisch, gibt sie der 2. Nonne.*

PROFESSOR Wieso, was sagt denn der Informationsdienst?

PAPST Man informiert mich stündlich über jede Bewegung dieser gewieften Provokateure. Deshalb kann ich Euch mit hoher Wahrscheinlichkeit voraussagen, was passieren wird, sobald ich mich auf dem Balkon zeige.

PROFESSOR Was soll denn passieren?

PAPST Schlagartig werden hunderte von Spruchbändern auftauchen, mit Inschriften in allen Sprachen ... und zur gleichen Zeit fangen sie an zu rufen, zu skandieren, verstärkt durch mächtige Lautsprecher: »Heiliger Vater, wir wollen zu dir, der uns befohlen hat, liebet Euch und vermehret Euch ... ehrteuch, ehrteuch, ehrteuch ...« der Echoeffekt, wegen der vielen Säulen. »Lasset unzählige Kreaturen Gottes ans Licht der Welt kommen ... egal, ob sie später sterben wie die Fliegen!«

PROFESSOR *bestürzt* Nein!

2. NONNE Sowas wollen die rufen?!

PAPST Ja. »Egal, ob jedes Jahr 35 Millionen an Hunger krepieren ... ob in fünf Jahren 48 Millionen Kinder ausgesetzt werden ... ob sie Analphabeten bleiben, im Knast landen, unterernährt, ausgebeutet, isoliert und im Elend Zeit ihres Lebens. Wichtig ist nur, daß sie zur Welt kommen, denn das Leben ist heilig, einerlei, ob es später im Dreck endet! Eck eck eck det det det.«

2. NONNE Ohja!

PAPST Wie?

2. NONNE Ja, das werden sie rufen, wollte ich sagen ... *Sie versucht den faux pas auszubügeln, zeigt auf die Blätter in ihrer Hand* ... steht hier im Informationsdienst.

PROFESSOR Unglaublich! Es wird doch der Polizei wohl gelingen, sie aufzuhalten, ihre Lautsprecher zu konfiszieren ...

PAPST Mag sein. Aber exakt an diesem Punkt wird ein riesiges Transparent entrollt, das an hunderten von Luftballons hängt. *Er zeigt auf ein Fenster.* Seht ihr, da unten, es ist alles vorbereitet. Langsam schwebt es hoch in den römischen Himmel ... überall, an jedem Punkt der Stadt kann man es lesen.

PROFESSOR Das wird in den Geheimpapieren vorausgesagt?

PAPST Ja, mit allen Details. Überzeugt Euch selber. *Er gibt ihm ein paar Blätter.*

PROFESSOR Und was soll auf dem Transparent geschrieben stehen?

PAPST *nimmt der 2. Nonne ein paar Seiten aus der Hand* »Heiliger Vater, du hast all diese Kinder gewollt. Du hast gesagt: ›Lasset die Kindlein zu mir kommen.‹ Da hast du sie! *Wirft die Blätter in die Luft.* Sie gehören dir! Behalte sie und behüte sie!« Habt ihr begriffen? Sie lassen sie einfach bei mir sitzen! Hunderttausend Kinder, und das hier, auf dem Petersplatz ... weinende, schreiende, brüllende, hungrige Kinder. Wo soll ich sie unterbringen! Hunderttausend Kinder! Wo sämtliche Hotels und Klöster und Katholische Jugendherbergen ausgebucht sind, wegen der Fußballweltmeisterschaft! ... Und Polen ist ausgeschieden!

Die beiden Nonnen sammeln die Papiere auf.

PROFESSOR Das können diese Kriminellen doch nicht machen, sie erst hertransportieren, und sie dann hier sitzen lassen und ihrem Schicksal überlassen? Das ist ein Skandal! Ein Schwindel, eine ausgekochte Sauerei ... *Unterbricht verlegen.* Oh Pardon.

PAPST Kein Wort beschreibt besser die obszöne Verhöhnung, die Situation, in der ich stecken werde.

PROFESSOR Aber da Ihr auf dem laufenden seid, könnte man doch rechtzeitig zuschlagen und die Kerle verhaften lassen?

PAPST Mit welcher Beschuldigung denn? Wir brauchen Beweise! Über Beweise wiederum verfügen wir erst, wenn die Verbrecher längst über alle Berge sind. Dann ist über mich und die ganze Kirche schon das große Hohngelächter ausgebrochen.

Stellt Euch diesen Skandal vor! Das Gelächter! Eine Katastrophe!

2. NONNE *beiseite zum Professor* Ich fürchte, ab sofort wird er jedes Kind, das ihm über den Weg läuft, bei lebendigem Leib verspeisen.

PAPST Nach all dem werdet Ihr mir zugestehen, Professor, ich habe einigen Anlaß für gewisse Ängste!

PROFESSOR Gewiß doch, mehr als einen.

1. KARDINAL *erscheint in der Tür, sehr befangen* Verzeiht wenn ich mir erlaube ...

PAPST Nein, ich will niemanden sehen!

PROFESSOR Beruhigt Euch, es ist Euer Privatsekretär.

PAPST Pardon ... ich hatte rot gesehen. Was will er?

1. KARDINAL Ich mache mir Sorgen, Heiliger Vater.

PAPST Das sieht man, und ich weiß auch warum ... weil Ihr meine Arznei getrunken habt! *Reaktion des Kardinals.* Spaß beiseite. Nein, Ihr macht Euch Sorgen, weil Eure Journalisten warten. Und ich werde nicht runterkommen! Tut mir leid, aber ich bin momentan weder physisch noch psychisch imstande, Interviews zu geben. Nicht wahr, Professor?

PROFESSOR Das kann ich voll und ganz bestätigen.

1. KARDINAL Ich verstehe, aber es ist gar nicht die Presse, die mir Probleme macht – ich habe alles geregelt, die Pressekonferenz ist einstweilen verschoben. Nein, es geht um die Kinder, Heiligkeit ... *Das Geschrei wird lauter.* Ihr wißt ja, um die »Sternfahrt der Unschuldigen«. Der Petersplatz füllt sich schneller als erwartet. Der Kindertransport mit den beiden Schiffen hat vorzeitig angelegt.

1. NONNE *geht zum Fenster* Was ein Haufen Busse!

1. KARDINAL Die sind seit einer halben Stunde da, und eine Menge wartet schon seit dem Morgengrauen. Ich bin der Ansicht, Heiligkeit, Ihr solltet die Begegnung mit diesen armen Kreaturen vorverlegen.

PAPST Ich soll also schon jetzt auf den Balkon treten und vor den Kindern die Arme ausbreiten, und nicht bis zum Nachmittag warten?

1. KARDINAL Ja, die Ärmsten, sie wirken erschöpft und fangen an, ungeduldig zu werden. Seht Euch an, wie eng zusammengedrängt sie da stehen!

1. NONNE *geht zu einem Fenster und öffnet es* Heiliger Himmel. Was für ein Aufruhr! In meinem ganzen Leben hab ich nicht soviel Kinder auf einem Haufen gesehen!

PAPST *späht durch ein Fenster, zuckt zurück* Tatsächlich, eine Unzahl!

2. NONNE Unzählige! Dabei fällt mir das Märchen vom Piepmatz ein . . . kennt Ihr das, Heiligkeit?

PAPST Piepmatz? Kenn ich nicht. Ich kenn das vom Däumling.

2. NONNE Nein, das vom Däumling ist uralt. Das vom Piepmatz geht anders. Soll ich es erzählen?

1. KARDINAL *verärgert* Ihr glaubt, dies sei der richtige Zeitpunkt zum Märchenerzählen?

PAPST Ein Papst sollte alle Märchen kennen, falls er selber Märchen erzählen will.* Wie geht es? Setzt Euch.

* Anspielung auf Johannes Paul I., Luciano Albino (1978), dessen Neigung zum Erzählen von Gleichnissen Dario Fo in *Das 1. Wunder vom Jesuskind* einige Seiten widmet. (*Die Tigergeschichte*, Basis-Verlag Berlin 1981, S. 46 ff.)

2. NONNE Das ist die Geschichte von der Mutter, die sich so sehnlich Kinder wünscht, zum Zauberer geht...

PAPST *zum Kardinal* Kennen wir die Geschichte von einer Frau, die zum Zauberer geht?

1. KARDINAL Nein, Heiligkeit.

PAPST Im Vatikan nicht bekannt. Wir werden im Computer nachsehen.

2. NONNE Eine Frau hat sich einmal viele, viele Kinder gewünscht, doch zu ihrem Pech hatte ihr Mann geschworen, absolut keusch zu bleiben, ohne sie zu warnen.

PAPST Was?

2. NONNE Ihr Ehemann hat absolute Keuschheit geschworen, ohne sie vorzuwarnen...

PAPST *zum 1. Kardinal* Diesen Formigoni* sollten wir in seine Schranken weisen!

2. NONNE Sie ist völlig verzweifelt, weint den lieben langen Tag und schreit: »Nie werde ich Mutter! Nie werde ich Mutter sein!« Auch aus dem Fenster: »Ich werde niemals Mutter!« Da kam ein Gynäkologe des Wegs, der gerade beim Jogging war... auf seinem T-Shirt steht »Gynäkologe« aber in Spiegelschrift, wie bei »Rettungswagen«. Er sagt: »wir könnten ein paar Kinder im Reagenzglas herstellen.« – »Kinder im Reagenzglas? Nie und nimmer!

* Roberto Formigoni: Schlüsselfigur eines militanten Katholizismus. Anführer der Volksbewegung »Comunione e liberazione« (Kommunion und Befreiung), die mittlerweile wieder als politische Strömung bei der Democrazia Cristiana angesiedelt ist. Die Anhänger Formigonis verkörpern den modernen, zukunftsgläubigen Italiener – eine Mischung aus Yuppie und »Soldat Christi«.

Das ist Sünde!« – »Also meinetwegen, dann mit einer tiefgefrorenen Eizelle.« – »Tiefgefrorene Eizelle?« – »Täglich wird frische Ware geliefert!« – Da schreit sie: »Scher dich von dannen, du Anwalt des Bösen!«

PAPST Bravo.

2. NONNE Danke. In ihrer Verzweiflung geht die Frau zu einem Zauberer, einem heiligen Mann, der als Einsiedler in einer Sozialbausiedlung für Frührentner lebt. »Hör zu, Frau, dein Glaube soll belohnt werden. Du willst Kinder? Dann geh jetzt nach Hause und bring eine Handvoll Bohnen zum Kochen, von den kleinen weißen, mit dem blauen Auge, du weißt schon. Wenn der Topf zu kochen anfängt, dann kippst du alles auf den Fußboden... und siehe da, dir werden zwei oder drei wunderschöne Kinder geboren, mit einem, nein Pardon, mit zwei blauen Augen!«

Gesagt, getan, die Frau geht nach Hause, setzt Wasser auf, und weil sie so wild auf Kinder ist, schüttet sie einen halben Sack Bohnen auf einmal hinein... und rührt, und rührt. Dabei schreit sie: »Sie dürfen nicht anbacken! Sie dürfen nicht anbakken! Ich will keine siamesischen Zwillinge!« Kaum fängt der Topf zu sieden an, da schmeißt sie, ZACK! diesen großen Bohneneintopf auf den Boden... und Simsalabim, Patapimpatapam, wächst aus jeder Bohne ein Kindchen... zwei, drei, 7, 9 Kinder. »Ich bin Mutter!« schreit sie glücklich... 12, 18, 21... »Ich bin Mutter!«... 37, 49, 83, 95, 97, 100... Hundert Kinder! »Ich bin Mutter«, etwas verstört. Hundert muntere Kinder mit lauter Blauäuglein, in so einer kleinen Küche... die hüpfen, springen, schreien und wachsen... haben

10 Sekunden später schon soo lange Haare, vier spitze Zähnchen, harte Fingernägelchen ... und rufen ›wir haben Hunger‹, denn Kinder, die aus Bohnen wachsen, können sofort sprechen. Sie verschlingen alles, HAM, HAM, auch die Möbel in der Wohnung sind im Handumdrehn kaputt. Dann greifen sie die Mutter an. »Die Nippel, die Trinke, die Brust her« schreien sie und klettern an der armen Frau hoch! Sie verschlingen die rechte! HAM HAM! Und dann ist die linke Brust dran ... jetzt das Ohr. Sie essen ganz gierig. Fast food, Heiligkeit. Da greift die Frau, um ihre Nase und das zweite Ohr zu retten, in ihrer Verzweiflung nach einem Besen, und teilt PENG BANG BOING furchtbare Schläge aus. Richtet ein Blutbad an! Alle Böhnchen, pardon, alle Söhnchen zerquetscht! Nur ein einziges winziges Kind entgeht dem Massaker, ein ganz kleines, grünes – es hatte sich rasch in einem Fingerhut versteckt. »Wie kommt es, daß du so winzig bist?« fragt die Frau. »Das kommt, weil ich nicht von einer Bohne abstamme, sondern von einer grünen Erbse, die zufällig in dem Sack war.« – »Ach deshalb bist du so grün, armer Piepmatz.« – »Mach dich nicht über mich lustig! Ach ich bin so grün und eklig wie ein bucklicht Männlein ... slag mich, slag mich tot, Mama! Slag mich mit dem Besen tot!« Denn alle Kinder, die aus Erbsen wachsen, haben so einen Sprachfehler. »Nein«, sagt die Frau und drückt das Kind an ihr Herz, »ich will dich immer bei mir behalten. Es macht nichts, wenn du grün bist. Du wirst wachsen, du wirst ganz, ganz viele andere finden, die genauso grün sind wie du – und alle zusammen werdet ihr eine schöne Umweltpartei gründen.«

PAPST Es hat seine Moral. Übrigens, bei uns im Slawischen gibt es ein ähnliches Märchen, bloß daß wir die Geschichte mit Trockenkastanien erzählen, und an Stelle der Erbse nehmen wir eine Kichererbse, die gründet, wenn sie groß ist, Solidarnosc. Spaß muß sein ... *Lachend zum 1. Kardinal* Hab ich mir gerade ausgedacht. Was wäre denn die Allegorie? Soll ich vielleicht die Mutter sein, die erst so sehr auf die Geburt von Kindern gedrängt hat, und nachher ist sie entsetzt?

2. NONNE Nehmt es mir nicht übel, Heiligkeit ... Ja, für mich seid Ihr so eine Art große Mutter.

PAPST Hört zu, Schwester. Wie Ihr Euch erinnert, hat mein Vorgänger verkündet, Gott sei mehr Mutter als Vater. Offenbar hat Gottvater darunter ziemlich gelitten und ihn vor der Zeit zu sich gerufen. Aber gewiß hat bislang noch nie jemand den Papst eine »große Mutter« genannt. Ich weiß nicht, soll ich das als Provokation auffassen oder ...

Draußen wird das Kindergeschrei lauter. Der Papst unterbricht. Die 1. Nonne öffnet ein Fenster.

1. KARDINAL *sieht aus dem Fenster* Oh Mutter! Ein wahres Höllenspektakel!

PAPST Mutter? Bin ich damit gemeint?

1. KARDINAL Was für einen Aufruhr diese Kreaturen anrichten!

PROFESSOR Immer neue Gruppen treffen ein. Heiligkeit, seht Euch dieses Spektakel an!

PAPST *setzt sich* Danke, ich glaube Euch aufs Wort.

2. NONNE Aber Heiliger Vater, was ist denn mit Euren Augen?

PAPST Mit meinen Augen?

2. NONNE Sie tränen, sind völlig gerötet. Professor, seht Euch das an.

PROFESSOR Aha. Alles spricht für eine Entzündung.

2. NONNE Ihr erlaubt? Ich gebe Euch Augentropfen. *Sie holt ein Fläschchen mit Augentropfen aus der Tasche.*

PAPST Danke, aber…

Die 2. Nonne weist ihn an, den Kopf nach hinten zu legen.

2. NONNE Stillhalten, nach oben schauen, zu mir hin, bitte jetzt die Augen offen halten. *Sie tröpfelt dem Papst einige Tropfen ein.*

1. KARDINAL Heiligkeit, ich rate dringend zu der Entscheidung, Euch recht bald am Fenster zu zeigen. Winkt ihnen wenigstens einmal zu.

PAPST Um Himmelswillen! Das wäre nur das Signal für die Lautsprecher und die Spruchbänder!

1. KARDINAL *versteht nicht* Lautsprecher und Spruchbänder?

PAPST Ach, wie mein Kopf dröhnt.

2. NONNE Schaut auf meine Hand. Könnt Ihr sie sehen?

PAPST Ja, ich sehe sie… aber alles erscheint so verzerrt, deformiert…

2. NONNE Kommt bitte mit. *Sie hilft dem Papst sich zu erheben und bringt ihn zu einem Fenster.* Und gehen. Seht Ihr jetzt besser?

PAPST Es geht so. *Er schaut nur kurz aus dem Fenster.* Was treiben die Kinder da unten. Sie klettern hoch?

1. KARDINAL Wo. Ich sehe nichts klettern.

PAPST Erst kommt Ihr ungelegen, und nun seid Ihr auch noch blind? Da!

1. KARDINAL Ich kann nichts sehen.

2. NONNE Da, auf den Säulen! Oh Mutter, gerade stürzt eins ab!

PAPST Nein, es sind zwei! Aber die andern klettern weiter. Hoppla, das war mutig!

2. NONNE Und ob. Denn Kinder, von klein auf der Straße ausgesetzt, sind das Risiko gewöhnt.

PAPST Und die Gewalt! Seht mal, sie gehen auf eine Gruppe von Priestern los, die sie aufhalten wollten.

1. NONNE Sie verprügeln die Priester!

2. NONNE Und beißen die Nonnen!

1. KARDINAL Wo denn? Ich seh nichts, auch wenn ich mich noch so anstrenge!

1. NONNE Ich auch nicht!

PROFESSOR Da unten! Sie schlagen um sich wie verrückt, wie die Hennen in einer Legebatterie!

1. KARDINAL Auch noch Hühner... wo bloß?

PAPST An der Fassade! Nicht zu fassen, sie wollen am Petersdom die Fassade hochklettern, hängen an Luftballons und steigen immer höher. *Vor den Fenstern sieht man Luftballons aufsteigen. Einige fliegen auf die Bühne, gefolgt von Drachen.*

1. KARDINAL Wer, die Hühner? Ich seh keine Hühner an Luftballons hängen. *Die 2. Nonne tritt ihm gewaltig auf den Fuß.* Aber Schwester!

2. NONNE Aus dem Weg! Seht Ihr denn nicht, da, die Kinder, wie sie sich an die Luftballontrauben anklammern und hochtreiben lassen? Schnell, wir müssen die Ballons zerstechen, ehe sie nach dem Fenstersims greifen!

PROFESSOR Womit denn?

PAPST Wir spießen sie auf, mit den Hellebarden und bewerfen sie mit stumpfen Gegenständen! *Er zeigt auf die Hellebarden an der Wand.*

Der Professor und die 2. Nonne ergreifen Hellebarden. Sie laufen bewaffnet zum Fenster.

2. NONNE Vorsicht, sonst spießen wir uns gegenseitig auf!

PAPST Reicht mir den heiligen Bogen aus Sambia, Schwester!

Die 1. Nonne macht es.

PROFESSOR Auf in den Kampf! Werfen! Das gilt auch für Euch, Eminenz!

Der 1. Kardinal greift von einem Tablett zwei Früchte aus Metall, um damit zu werfen.

PAPST Was wollt Ihr denn mit dem Obst?

1. KARDINAL Stumpfe Wurfgeschosse!

PAPST Aber das ist Silber, vergoldet!

1. KARDINAL Dann hab ich ja richtig gesehn, sie sind nicht echt gold. *Er wirft die Früchte aus dem Fenster.*

PAPST Für wen haltet Ihr Euch! Für die Ehefrau von Ceaucescou?

2. NONNE Hah! Einen hab ich getroffen. Er ist abgestürzt!

1. KARDINAL Abgestürzt? Wo?

PROFESSOR Sehr Ihr, da, ein Kind, das an zwei Luftballons hängt. *Er macht eine Geste, den Ballon zu durchstoßen.* Dir werd ichs zeigen! Erledigt!

1. NONNE Achtung, dort ist ein Luftballon eingedrungen, aber ohne Kind.

PROFESSOR Durch das Fenster da ist soeben ein Junge eingedrungen, er hat sich hinter dem Vorhang versteckt!

PAPST Haltet sie auf, nehmt sie fest!
PROFESSOR *läuft hinter den Vorhang, die 2. Nonne folgt ihm mit ihrer großen Tasche* Da steckt er. Ich hab ihn!

Der Vorhang bewegt sich heftig, als spiele sich hinter ihm eine Keilerei ab. Einen Moment lang taucht ein Kinderkopf auf. Es ist eine große Puppe, die in der Tasche war, wie das vom Professor benutzte Messer.

2. NONNE Vorsicht, er hat ein Messer!
PROFESSOR *schreit auf* Aah! Ooh!
2. NONNE Was ist passiert?

Der Professor kommt hinter dem Vorhang vor; in seiner Brust steckt ein Messer.

PROFESSOR Er hat mich niedergestochen!
PAPST Um Gotteswillen.

Einen Moment lang taucht hinten über dem Vorhang eine große Puppe auf. Der Papst schießt einen Pfeil auf sie ab. Man hört eine Ohrfeige knallen.

2. NONNE Du Rotzbengel! Dich werd ich lehren! *Man hört Fensterscheiben klirren.* Endlich, ich hab ihn fertiggemacht. *Sie kommt wieder auf die Bühne.* Ich hab ihn aus dem Fenster geworfen.
PAPST Oh wie schrecklich! Die arme Kreatur! *Er läuft hinter den Vorhang; die 1. Nonne folgt ihm.*
1. KARDINAL *zum Professor* Wie geht es, Professor?
PROFESSOR Nichts passiert, nur ein Kratzer – *zieht das Messer aus der Brust, betrachtet es* – von mittlerer Schnittiefe … Ich sterbe! *Fällt rücklings zu Boden.*

Der Papst erscheint wieder.

PAPST Ich fürchte, einen Jungen abgeschossen zu haben, mit Pfeil und Bogen. Hoffentlich hat die Flugsicherung am Kontrollturm von Ustica den Abschuß nicht geortet. Hoffentlich lügen die Generäle weiter, wie immer.* *Er kehrt hinter den Vorhang zurück.*

1. KARDINAL Ich werd verrückt! Müßt Ihr wirklich sterben, Professor?

PROFESSOR *zum 1. Kardinal, vertraulich* Begreift doch endlich, daß wir Theater spielen! Wir gehen auf den Pontifex ein, um ihn aus seinem Albtraum herauszuholen!

1. KARDINAL Ah, ich verstehe! Also sollte man bei seinem Spiel mitmachen!

PROFESSOR Bravo! Dann legt mal los!

1. KARDINAL *nimmt das Messer des Professors, rennt zum Fenster und mimt einen Kampf* Her zu mir! Den mach ich fertig! Da! Dich hab ich kalt gemacht, du Luder!

Der Papst kommt, gefolgt von der 1. Nonne.

PAPST Eminenz, was ist in Euch gefahren?!

1. KARDINAL Habe eine dieser satanischen Rotznasen erledigt!

PAPST Und das erfüllt Euch mit Stolz und Befriedigung? Das arme Wesen!

* Ustica: nördlich Palermos gelegene Insel. Bei Ustica wurde vor 9 Jahren eine AlItalia-Maschine unter ungeklärten Umständen abgeschossen. Ob Frankreich, Italien oder Lybien für den Abschuß verantwortlich sind, konnte bis heute nicht eindeutig festgestellt werden.

1. KARDINAL Es war putative Notwehr.

PAPST Notwehr, bei einem Kranken? Bei einem kleinen, armen, unterernährten, kranken Mestizen! Ihr seid eine Bestie!

1. KARDINAL Also sowas. Die anderen werfen sie aus dem Fenster, durchbohren sie mit Pfeilen – und ich bin die Bestie.

2. NONNE Ja, aber uns wirft es fast um, wir haben Gewissensbisse, wenn wir sie rauswerfen, während Ihr ein inneres Vergnügen empfindet! Doch, Ihr seid ein bißchen bestialisch!

1. KARDINAL Nein, nein, auch ich habe Gewissensbisse.

PAPST Still, du Heuchler! *Er schießt einen Pfeil auf den Kardinal, trifft in den Bauch.*

1. KARDINAL Eure Heiligkeit! Ich bin immer noch Kardinal!

PAPST Ihr müßt entschuldigen, unter diesem Gewand schlägt das Herz eines Schauspielers, der schon immer antiklerikal eingestellt war. Einem Kardinal gegenüber kann ich mich nicht beherrschen. *Er spielt wieder seine Rolle.* Ooh, endlich herrscht Ruhe. *Er setzt sich in einen Sessel und schließt die Augen als schliefe er.*

1. NONNE Merkt ihr was? Die Kinder sind dabei den Platz zu verlassen.

PROFESSOR Ja, alle werden in die Busse verladen. Sie brechen auf.

1. KARDINAL Und wenn schon! Man bringt sie, wie im Programm vorgesehen, zum Essen – weil der Papst nicht ans Fenster tritt.

2. NONNE *tritt dem 1. Kardinal gewaltig auf den Fuß* Still!

1. KARDINAL Aua! Schwester!

2. NONNE *geht zum Papst und vollführt eine ausholende Bewegung vor seinen Augen* Hurra, wir habens geschafft! Es ist alles vorbei, Heiligkeit!

1. KARDINAL *hinkend* Seid Ihr wahnsinig geworden? Mir auch noch den anderen Fuß platt zu treten! Ach, wär ich doch Pfarrer in Bassano del Grappa geblieben!*

PAPST *wacht auf* Wer schreit da so? Was ist denn los? Ich bin eingenickt, entschuldigt... *Er entdeckt die Nonne.* Wer ist die Schwester? Richtig, ich erinnere mich, eine Schwester mit großem Scharfsinn. *Zum Professor.* Professor, was führt Euch her? Oh wie dumm... Ich habe Euch rufen lassen, stimmts? Wißt Ihr, ich fühlte mich ziemlich unwohl, weil etwas geschehen war was... ich komme gerade nicht darauf. Naja, es wird mir schon wieder einfallen. Herrjeh, ist das spät. *Zum 1. Kardinal.* Und die Journalisten, Eminenz?

1. KARDINAL Aber ich habe Euch extra...

PAPST *irritiert* Also?

1. KARDINAL Vielleicht gelingt es mir noch, sie aufzuhalten.

PAPST Sagt ihnen Bescheid, ich sei in einer Viertelstunde bereit, sie zu empfangen. *Zur 1. Nonne.* Ruft mir den Kammerdiener, er soll helfen kommen. Ich will mich umkleiden.

1. KARDINAL Laßt Euch Zeit.

PAPST *zum Professor* Wartet auf mich, ich bin gleich zurück. Oh, wie mir der Kopf dröhnt. *Eilig ab, gefolgt von der 1. Nonne.*

* *Bassano del Grappa: mittlere Kleinstadt, nördlich der Städte Treviso und Vicenza gelegen; sehr katholisch geprägt, vergleichbar mit einer Stadt wie Fulda.*

1. KARDINAL Es ist unfaßbar, plötzlich erinnert er sich an nichts mehr. Was ist los mit ihm?

2. NONNE Ich habe ihn aus der Trance herausgeführt, das ist los. Und jetzt erinnert er nur noch Bruchstücke.

1. KARDINAL *verblüfft* Trance? Wann ist er denn in Trance gefallen, und wer hat sie praktiziert?

PROFESSOR Erinnert Ihr Euch? Sie hat ihm Augentropfen eingeträufelt. Aber sie hat nur so getan als ob. In Wirklichkeit hat sie ihn mittels Bewegungen ihrer Hände vor seinen Augen, aus einem hysteroiden Angstzustand in eine durch sie gesteuerte Trance geleitet. Zu unserem Glück ist die Schwester eine Art Zauberin und Teufelsaustreiberin.

1. KARDINAL Exorzismus bei Ihrer Heiligkeit? Wer hat Euch das erlaubt? Seid Ihr denn wahnsinnig?

PROFESSOR Jedenfalls haben wir ihn erfolgreich von einem Angstzustand befreit, der ihn bis zur Selbstzerstörung hätte treiben können!

1. KARDINAL Tatsächlich. Entschuldigt, ich weiß nicht, wo mir der Kopf steht ... Mein Gott, was für ein Tag! Der Heilige Vater mag sich befreit fühlen, dafür trifft mich gleich der Schlag. Jedenfalls, auch wenn ich diese Methoden nicht gutheißen kann, schönen Dank, Schwester.

2. NONNE Nicht der Rede wert.

1. KARDINAL *nimmt sich den Info-Dienst* Was ist das? Sieh da. Angeblich sollen das aktuelle Hintergrundinformationen vom Geheimdienst sein, aber hier steht nichts von einem drohenden Komplott ...

PROFESSOR Sicher, es ist ziemlich schwierig, Geheimdienstinformationen ... in den Tabellen des Meteorologischen Instituts zu finden.

1. KARDINAL *liest* Nächtliche Höchsttemperatur Bozen 7, Florenz ... in der Poebene muß mit Nebelbildung gerechnet werden. Der Heilige Vater hat folglich gar nicht gelesen, sondern er hat alles erfunden?

PROFESSOR Im Gegenteil, er war völlig davon überzeugt, all das zu lesen, im Unterbewußtsein.

2. NONNE Man stelle sich vor, er wäre in diesem Zustand zur Pressekonferenz gegangen, in der Hand den heiligen Bogen –

1. KARDINAL *besorgt* Glaubt Ihr wirklich, der Heilige Vater sei verrückt geworden?

PROFESSOR Verrückt? Nein, das nicht. Er ist übererregt.

1. KARDINAL Was kann man dagegen tun?

PROFESSOR Er braucht ärztliche Behandlung.

2. NONNE Und vor allem Ruhe, Entspannung, Abstand von allen Problemen.

1. KARDINAL Was Ihr nicht sagt. Ein Papst im Ruhestand!

2. NONNE *kramt in ihrer Tasche, findet schließlich eine Zigarette* Genau, er sollte am besten aufhören, Papst zu sein.

1. KARDINAL Das bedeutet, ihn absetzen. Ihr macht Witze! Ein Papst kann nicht abgesetzt werden!

2. NONNE Aber als der andere damals, der Luciani*, angefangen hat Blödsinn zu reden, und wie er dann

* Anspielung auf Johannes Paul I., Luciano Albino (1978). Siehe auch Anmerkung auf Seite 29.

die IOR*, die Vatikanbank auflösen wollte – da habt Ihr ihn abgesetzt!

1. KARDINAL Schwester! Ich verbitte mir derart bösartige, banale Interpretationen! Papst Luciani ist in Folge eines natürlichen Todes von uns gegangen.

2. NONNE Auch wenn mir dieser Papst ganz sympathisch ist – Ihr könnt es doch noch einmal mit der ›natürlichen Methode‹ probieren. *Sie steckt die Zigarette an.*

1. KARDINAL Jetzt aber Schluß, Schwester! Haltet Eure Zunge im Zaum! *Er bemerkt erst jetzt, daß sie raucht.* Ihr raucht?!

2. NONNE Ich hab Asthma.

1. KARDINAL Wo gibts denn sowas! Wo habt Ihr eigentlich diese Nonne aufgelesen, Professor?

PROFESSOR Zeigt doch etwas Verständnis, sie ist Missionsschwester, unsere Welt ist ihr fremd. Ich habe sie in Afrika, in Burundi kennengelernt, wo sie praktizierte. Erst war sie Leiterin des Leprakrankenhauses, später hat sie die Verrückten behandelt, dann die Pestkranken ...

2. NONNE Das war ein Leben!

1. KARDINAL Aah, jetzt begreife ich, wo sie diese, ich sage mal wilden, ungehobelten Sitten gelernt hat: Im Kongo, als Bantu-Oberhexe!

2. NONNE Bantu-Oberhexe, und das mir! Vorsicht mit solchen Beleidigungen, Eminenz, oder ich nehm Euch beim Wort! Und verwandle Euch in einen

* »Istituto di opere religiose«, Vatikanbank. Kann von der italienischen Bankenaufsicht nicht kontrolliert werden, da sie im souveränen Vatikanstaat – mitten in Rom – liegt. Beim Sindona-Bankenkrach 1974 wurde sichtbar, daß auch die IOR dank ihrer Verknüpfung mit dem Banco Ambrosiano in den internationalen Drogen- und Waffenhandel verstrickt war.

Pavian, der auf dem Arsch mit Glatze ein rotes Käppchen trägt!

1. KARDINAL Das ist ja! Ihr habt Glück, daß Ihr den Schutz des Professors genießt! Verlaßt diesen Ort! Verschwindet!

2. NONNE Nichts lieber als das! *Sie sammelt ihre Taschen ein.* Es wird Zeit, daß ich mich zu meinen Junkies aufmache, die warten schon, und die sind nicht so undankbar!

1. KARDINAL Was meint sie mit den Junkies, die warten?

PROFESSOR Nun, unsere sympatische Samaritanerin leitet ein Projekt für Suchtkrankenhilfe, also zur Behandlung und Wiedereingliederung von Drogenabhängigen und Ausgeflippten jeder Couleur.

2. NONNE Ein Ort für die Geächteten dieser Gesellschaft.

PROFESSOR Sagen wir, eine karitative Einrichtung, die jedoch nicht den Schutz der traditionellen Wohlfahrtsverbände genießt.

2. NONNE Genau, und weil das Projekt von diesen Verbänden nicht unterstützt wird – und folglich auch nicht von den Sozialisten – soll es geschlossen werden. Diese Gelegenheit hat der Professor ausgenutzt, um mich zu erpressen...

PROFESSOR Erpressen? Sie übertreiben!

2. NONNE Doch, doch. Er kam eines Tages an und sagte in etwa: »Hören Sie zu. Ich werde Sie retten und verhindern, daß man Sie mitsamt ihrem Projekt und allen verzweifelten Junkies auf die Straße setzt. Zusätzlich werde ich Ihnen den Aufenthalt im Knast ersparen, wegen rechtswidriger Ausübung eines ärztlichen Berufes... wenn Sie zum Dank dafür mit in den Vatikan kommen, und mir mit

einer Hypnose dazu verhelfen, den Heiligen Vater aus einer furchtbaren Krise herauszuholen. Entweder oder!«

1. KARDINAL Seid Ihr denn wahnsinnig, Professor? Eine Person mitzubringen, die in Straftaten verwikkelt ist, die illegal, ohne Genehmigung arbeitet, und dieser Person dann den Heiligen Vater anzuvertrauen! Wenn das herauskommt!

PROFESSOR Wie oft muß ich noch betonen, es ging hier um einen aussichtslosen Fall!

2. NONNE Geben Sie auf, Professor, ich bin Ihrer Eminenz leider unsympathisch. Das feeling stimmt nicht. *Sie schaut um sich, sucht einen Aschenbecher, findet keinen, gibt dem Kardinal ihren Stummel.* Ich möchte nicht den heiligen Fußboden beschmutzen. Andererseits muß ich Eminenz recht geben. Wie hat sich der Kardinal Biffi* in Florenz ausgedrückt? Wir Frauen sind unheimliche Wesen, Ratgeber des Bösen, und arbeiten dem Tod in die Hände! Am besten, wir ziehen an der Klostrippe und verschwinden. Grüß Gott. *Sie geht, gefolgt vom Professor, zum Ausgang.*

Der Papst kommt in Begleitung der 1. Nonne; die 2. Nonne und der Professor bleiben stehen.

PAPST Da bin ich, wir sind soweit, Eminenz. *Er sieht den Zigarettenstummel in der Hand des 1. Kardinals.* Seh ich richtig, Eminenz, Ihr raucht?

1. KARDINAL Keineswegs ... ich hab Asthma. *Er gibt den Stummel der 1. Nonne, die ihn ausdrückt.*

PAPST Eine Schande! *Er zeigt auf die Tasche des Professors und reißt sie ihm aus der Hand.* Na endlich!

* Giacomo Biffi; Erzbischof von Bologna

Wo habt Ihr Calvis Tasche mit den Geheimpapieren gefunden?* Wir suchen sie schon eine Ewigkeit!

PROFESSOR Nein Eure Heiligkeit, das ist meine eigene.

PAPST Schade. Die finden wir wohl nie. *Er gibt ihm die Tasche zurück.* Wartet auf mich. *Zum 1. Kardinal.* Wollt Ihr mich nicht informieren, Eminenz, bevor ich hinuntergehe? Welche Fragen werden mir die Journalisten stellen?

1. KARDINAL Richtig, ich war schon etwas in Sorge. *Er holt das Funkgerät hervor.*

PAPST *zum Professor und 2. Nonne* Wißt Ihr, diese Journalisten stellen manchmal boshafte Fragen, und wehe, man ist nicht gut präpariert... Ach, tut mir den Gefallen, bleibt hier, es wird sicher sehr lehrreich.

Ein junger Geistlicher nähert sich; er hat eine prall gefüllte Mappe dabei. Er leitet die Pressestelle.

PRIESTER Heiligkeit, Ihr erlaubt doch...

1. KARDINAL Da kommt er ja. Gerade versuche ich, mit ihm Kontakt aufzunehmen.

PAPST Wer ist das?

* Calvis Tasche (s. a. Anm. S. 102 und S. 130). Roberto Calvi war Direktor einer der größten Privatbanken Europas, des »Banco Ambrosiano«. Wegen seiner guten Beziehungen zum Vatikan auch »Bankier Gottes« genannt. Mitglied der berüchtigten Geheimloge P 2. Calvi war in den Zusammenbruch des Sindona-Bankenimperiums verwickelt und starb mit 62 Jahren 1982 als Mitwisser; er wurde erhängt unter einer Themsebrücke gefunden. Bei seinem Tod hinterließ er 1,4 Milliarden Dollar Schulden. Calvi soll bei seiner Flucht nach England eine Tasche mit Dokumenten bei sich getragen haben, in denen die »wahren Schuldigen« entlarvt werden.

1. KARDINAL Der neue Pressechef, Heiligkeit.
PAPST *zum Priester* Sehr gut, setzt Euch, wir haben etwas Zeit, uns vorzubereiten.
1. NONNE Heiligkeit, Ihr hattet die Musiker rufen lassen, sollen sie später kommen?
PAPST Ach was, holt sie herein.

Die 1. Nonne weist dem Streichquartett seinen Platz an. Es sind zwei Nonnen und zwei junge Geistliche.

PAPST Nehmt Platz und spielt uns auf. Ich rede sehr gern vor einem schönen, wohlklingenden Hintergrund.

Das Quartett läßt sich in einer Ecke des Salons nieder und spielt ein Largo aus dem 18. Jahrhundert.

DER PAPST *zum Priester* Fangt an.
PRIESTER Also, der Korrespondent des Daily Express wird Euch fragen, wie Ihr gedenkt, auf die Erklärung des Kölner Bischofs Gruber Kutter zu reagieren, der wörtlich gesagt hat: »Es ist hirnrissig, daß sich die Katholiken an der Schwelle zum Jahr zweitausend untereinander zerfleischen wegen des Streites um das Präservativ... «

Das Streichquartett unterbricht einen Moment.

PRIESTER Ja, so steht es hier, »das Präservativ, die Pille, die Spirale, das...
PAPST Es reicht, Ihr braucht sie nicht alle aufzuzählen!

Das Streichquartett spielt weiter.

PRIESTER Entschuldigt. Er fährt dann fort: »Die Verschreibung einer bestimmten Verhütungsmethode kann von Seiten der Kirche weder diktiert noch negiert werden; sie ist nicht dafür zuständig.«

PAPST So, wir sind nicht zuständig? Beim nächsten Konzil werde ich diesen Gruber Kutter in eine Pfarrei nach Oberbayern schicken, zu den Bergziegen.

Das Quartett unterbricht.

2. NONNE Mit Heidi.

PROFESSOR Mäßigt Euch, Heiligkeit, Ihr seid zu erregt. Und denkt daran, Ihr werdet Journalisten gegenüberstehen, die lauern nur auf sowas!

2. NONNE Stimmt, Ihr seid richtig blau im Gesicht. Und noch was, seid etwas demokratischer!

PAPST Eine Unverschämtheit, ich und undemokratisch! Ich werde Euch beweisen, meine Liebe, daß ich viel demokratischer bin, als Ihr Euch vorstellen könnt! Allerdings bin ich, wie Ihr hören konntet, umgeben von lauter vortrefflichen kirchlichen Oberhäuptern, die meine Gegner sind. Die habe ich deswegen noch lange nicht zum Tode verurteilt, wie das Khomeini getan hätte... Oder Forlani* – die sind in der glücklichen Lage und können sich das erlauben!

2. NONNE Die Bemerkung solltet Ihr vor den Journalisten wiederholen, das würde mir gefallen.

PAPST Niemals! Das begreifen die nicht. *Zum Geistlichen.* Macht weiter. *Die Musik im Hintergrund beginnt wieder.*

* Forlani, einflußreicher Nachkriegspolitiker der DC. Die Anspielung bezieht sich auf die von Forlani erhobene Forderung, in Italien die Todesstrafe wieder einzuführen.

PRIESTER Der Korrespondent der »Frankfurter Allgemeinen« wird Euch um eine Stellungnahme bitten, zu der Erklärung des Dekans der Niederlande, Keller. Keller polemisiert gegen die von Euch behauptete ...

PAPST Was soll ich behauptet haben? Das will ich selber lesen, gebt her. *Greift nach einigen Blättern.*

PROFESSOR Aber bitte etwas Distanz, Heiligkeit.

PAPST Selbstverständlich. Mit der größten Distanz, die mir mein Arm erlaubt. *Hält die Hand mit dem Blatt immer weiter weg; vergnügt.* Ein Kurienwitz. Keine Sorge, ich verliere schon nicht die Kontrolle. Jetzt hab ichs. »Ich denke daran, wie PIUS IX. im 19. Jahrhundert ...« Wer sagt das? Ach so, dieser Keller. »PIUS IX. im 19. Jahrhundert gegen diejenigen Ärzte, die an Cholerakranke Impfstoff verabreichten, Bannflüche schleuderte. *Die Musik hört auf.* Die Schutzimpfung, so tönte er, ist ein widernatürlicher Akt.« *Zum 1. Kardinal.* Ist das wahr, was er schreibt?

1. KARDINAL Leider, ja, Heiligkeit. Das hat PIUS IX. wörtlich so gesagt.

PAPST PIUS IX., Gott hab ihn selig, und möge ihn immer bei sich behalten. Sehen wir weiter. *Liest wieder, die Musik spielt wieder.* »Nachdem die Seuche ein Massensterben ausgelöst hatte, war der Papst gezwungen, andere Register zu ziehen und erklärte: ›Die Schutzimpfung ist kein Dogma.‹ Also der hat ja beinah noch größeren Schaden angerichtet, als damals Kardinal Poletti mit seinem Ausspruch: ›Wählt christdemokratisch, auch wenn es euch reut.‹ – Und noch später, als einige Bischöfe, die in den letzten Zügen lagen, durch den Impfstoff gerettet wurden, sagte er: ›Ganz ohne Zweifel war

Pasteur, der den Impfstoff entdeckte, bei seiner Erfindung von der göttlichen Vorsehung erleuchtet, obgleich er bekanntlich ein Atheist ist.« Das ist eine Frechheit! *Die Musik unterbricht.*

PROFESSOR Ich dachte, Ihr verliert die Kontrolle nicht, Heiligkeit? Dieser von Keller zitierte Satz ist mir übrigens bekannt und historisch belegt, folglich ...

PAPST Und was ist hiermit? Worauf will dieser Keller hinaus, beziehungsweise der Journalist mit seiner Anfrage? Vielleicht will er ja eine ganz infame Parallele konstruieren. Wenn man bedenkt, daß ich unentwegt predige, der Gebrauch von Verhütungsmitteln sei ein widernatürlicher Akt, dann beweise ich doch wohl, wie rückschrittlich ich bin, ein Dunkelmann von der Güte PIUS IX.! Da darf man sich nicht wundern, wenn ich meinerseits demnächst dastehe und erkläre: *Die Musik setzt ein.* »Das Präservativ ist kein Dogma! Und Conton*, der Erfinder der ersten Prophylaxe aus Gummi, war gewiß vom Heiligen Geist erleuchtet!« *Er gestikuliert beim Sprechen, breitet die Arme aus, beugt sich nach vorn und erstarrt plötzlich, mit auseinandergespreizten Armen und Beinen. Die Musik setzt aus.* Aoh! *Er macht eine Bewegung, versucht sich aufzurichten, es gelingt nicht.* Aauuha!

PROFESSOR *eilt besorgt zum Papst* Was ist los mit Euch?

PAPST Ich bin eingerastet ... Ihr habts ja gesehn ... Als ich die Arme ausbreitete, machte es KRACK! War

* Conton. Das Präservativ, auch Kondom oder Condom, benannt nach dem englischen Arzt Condom oder Conton, der es im 18. Jahrhundert »entdeckte«.

wie ein kleiner Stich in der Nierengegend ... und zwischen den Schulterblättern. Ich kann mich nicht mehr rühren.
1. KARDINAL Mein Gott, das hat uns noch gefehlt!

Alle Anwesenden, auch die Musiker, kommen zum Papst, um ihn aufzurichten.

PROFESSOR Laßt ihn, wo er ist! *Er bringt eine Lanze und einen Stock, auf dem die Portraitbüste des Papstes befestigt ist.* Nehmt das als Stütze, Heiligkeit.
PAPST Danke, so geht es schon besser.
PROFESSOR *zur 1. Nonne* Schwester, macht ihn frei.

Sie legt dem Papst ihre Hände auf die Schultern, er schreit auf.

PAPST Nein! Das ist unmöglich!
PROFESSOR Wieso, habt Ihr etwa Probleme mit dem Schamgefühl?
PAPST Nein, ich hatte bei der ersten leichten Berührung das Gefühl, eine Black & Decker sei dabei, mir die Haut abzuschleifen.
PROFESSOR Laßt mich einmal fühlen. *Er streckt die Hände vor, um seinen Rücken abzutasten.*
PAPST Aber ganz vorsichtig, um Himmelswillen. *Der Professor berührt ihn.* Aiijah! Aooh!

Der Professor und die 1. Nonne ziehen ihm sein Gewand aus. Der Papst steht in Hemd und Zuavenhosen (Kniebundhosen).

PROFESSOR Das hab ich mir gedacht. Eine klassische, akute Kausalgie.

PAPST Klassisch? Akuter, also brennender Schmerz? Ist das schlimm? Woher kommt das?

PROFESSOR Nun, wir können mit Sicherheit eine Lumbago voraussetzen, im Volksmund auch Hexenschuß genannt. *Er holt, assistiert von der 2. Nonne, aus der Tasche Utensilien, um den Blutdruck zu messen.*

PAPST Das ist lachhaft. Wenn sich ein Papst, als verschworener Gegner der Feministinnen, dieser neuen Hexen, einen klassischen Hexenschuß holt!

2. NONNE *lacht* Heiligkeit, Ihr seid allen Schmerzen zum Trotz noch immer geistreich!

PAPST Aber es ist wie in dem klassischen Witz; wenn ich lache, zuckt mir der Schmerz wie ein Messerstich durch den Rücken.

PROFESSOR Richtig, durch die Erschütterung des Hilus reibt sich Euer Ischiasnerv zwischen den Wirbeln, was zu einem klassischen Wirbelvorfall mit ischiatischen Komplikationen führen kann.

PAPST Ein klassischer Vorfall? Nicht schlecht. Für alles klassische bin ich zu haben.

PROFESSOR Außerdem hat sich mit einiger Sicherheit eine versteifende Spondilitis entwickelt, im oberen Halswirbelbereich, also Atlas und Epistropheus betreffend.

PAPST Versteifende Spondilitis ... »Nun kommt die versteifende Spondilitis mit Atlas und Epistropheus« ... aus der Aenaeis?

PROFESSOR Und so kommt es zu einem sogenannten »Kreuzblock«.

PAPST Zum klassischen! Also, ich habe außer einem ordinären Hexenschuß noch einen Kreuzblock. Eine raffinierte Mischung!

1. KARDINAL Ihr entschuldigt? Mir ist gerade klar geworden, daß ich die Journalisten schon wieder wegschicken muß. Heute ist wirklich mein Glückstag! *Er geht ab.*

PAPST Ja, bitte, geht. Ihr verliert Eure Zeit. Habt Ihr das gesehen? Er ist mein Berater und Privatsekretär. Mein Kreuzblock, der interessiert ihn überhaupt nicht. Der interessiert sich für nichts als die Presse! Für Zeitungen und Journalisten, Journalisten und Zeitungen! Er ist noch gieriger, als Formenton und De Benedetti zusammen! Ein Bischof Mondadori im Taschenformat!*

In seiner Aufregung streckt sich der Papst nach vorn, verliert das Gleichgewicht, stürzt und landet am Boden, mitsamt Lanze und Stock, seinen Stützen. Die Musik wird unterbrochen.

PROFESSOR Vorsicht!

2. NONNE Schnell, haltet ihn!

Der Professor und alle Anwesenden beeilen sich, den Papst aufzuheben. Der 1. Kardinal kommt zurück.

PROFESSOR Seid ihr verletzt, Heiligkeit?

PAPST Ich ging in die Knie, um die Erde zu küssen.

* Formenton, de Benedetti, Mondadori. Hier wird auf den Kampf zwischen den italienischen Medien-Holdings angespielt. Carlo de Benedetti, mit dem Beinamen »der Ingenieur«, neben Agnelli, Gardini und Berlusconi der mächtigste Großunternehmer Italiens. Er kämpft um die Vorherrschaft in dem der Bertelsmanngruppe vergleichbaren Medienkonzern »Mondadori«.

PROFESSOR Und seid verletzt?

PAPST Nein, bin bloß auf die Nase gestürzt und auf die Knie ... Ich hab dicke Knie wie eine Waschfrau, der Rest ist in Ordnung.

1. KARDINAL Nur Geduld, Heiligkeit. Setzt Euch.

PAPST Wo ist der Stuhl?

1. KARDINAL Da, setzt Euch hin, mit Geduld ...

PAPST *setzt sich* Ihr habt gut reden. Geduld! Warum hat es dem Herrn gefallen, mich so zu demütigen, mich fallen zu lassen?

1. KARDINAL Der Herr stellt Euch auf die Probe, weil er Euch gern hat!

PAPST Aber er könnte Euch doch auch ein wenig gern haben, oder?

PROFESSOR Nur Mut, Heiliger Vater. *Zur 2. Nonne.* Flectadol! Vielleicht seid Ihr Euer Leiden bald los, vorausgesetzt, Ihr willigt ein, mitzuarbeiten.

Die 2. Nonne zieht eine Spritze auf, geht zum Papst und verabreicht sie intravenös.

PAPST Was spricht dagegen? Was habt Ihr vor, um mich aus dieser verfluchten Lage zu befreien? *Bezogen auf die Spritze*. Was ist das?

PROFESSOR Ein Antischmerzmittel.

PAPST Tut wahnsinnig weh für ein Antischmerzmittel! Und dadurch renkt sich alles wieder ein?

PROFESSOR Leider nein. Offen gestanden, Heiligkeit – im Bereich der Neurosympathologie und der sogenannten Lumbagoerkrankungen tappt die moderne westliche Medizin noch völlig im dunkeln.

PAPST Eine gute Nachricht.

PROFESSOR Im Umgang mit diesem Übel verfügt jeder afrikanische Medizinmann über eine diagnostische Technik und Behandlungsmethoden, die weitaus mehr bewirken als unsere Mittel.

PAPST Sehr komisch! Ihr mit Eurer fixen Idee von den exotischen Heilmethoden, diese fanatische Verherrlichung der Heilkunst bei den Wilden!

PROFESSOR Ich kann Eurer Heiligkeit versichern, daß ich persönlich in Afrika bei Heilungen von ähnlicher Gliederstarre wie bei Euch anwesend war. Das kann die Schwester bezeugen.

PAPST Ach, ihr wart auch da unten?

2. NONNE Ja, war ich.

PAPST Wie sah die Heilmethode aus?

2. NONNE Weit verbreitet war folgende Methode: Man bestreicht den Rücken des Patienten mit einer ordentlichen Schicht Honig und schüttet darüber ein ganzes Nest von munteren, roten Ameisen aus, und HOPPLA! erhebt sich der Patient, läuft hüpfend wie eine Heuschrecke in die Savanne und singt dabei Hallelujah, Hallelujah!

PAPST Lieber Professor. Falls Ihr gedenkt, diese Kur an mir zu wiederholen, lasse ich Euch aus sämtlichen Ärztekammern dieses Planeten ausschließen, nach einer Einreibung mit roten Ameisen und mit einem glühenden Pfahl, aber wo, das verrate ich nicht. Und dann schaue ich zu, wie Ihr in die Savanne hüpft und singe ein Hallelujah für Euch.

PROFESSOR Schon gut, wenn Ihr die Sache auf so ein Niveau zieht, gebe sich auf.

PAPST Heh, seid nicht so empfindlich. Darf ein Papst in meiner Situation keine Witze machen? Inzwischen bin ich so entmutigt, daß Ihr mich sogar einem Bantu-Medizinmann ausliefern könntet. Ohja, tut mir den Gefallen, laßt mir sofort einen rufen. Übrigens, von diesem Lambadatänzer hab ich wahre Wunderdinge gehört, wie heißt er gleich, de Michelis ...*

2. NONNE Nein, der Fall ist klar, ich will es wagen. Ihr müßt wissen, Heiligkeit, ich bin ein echter Bantu-Medizinmann. Vertraut Ihr mir, so will ich eine spezielle Behandlung versuchen.

PAPST Ich bin zu allem bereit.

2. NONNE Gut. Zuerst: Kann man diesen Kronleuchter herablassen, ihn abmontieren, und die Seile benutzen, an denen er aufgehängt ist?

PRIESTER Ja, das wär möglich.

Man hilft dem Papst, sich nach vorn zu bewegen.

1. KARDINAL Wer soll den Kronleuchter runterlassen? Ich hole ein paar Schweizer. *Er geht und erscheint sofort wieder mit zwei Männern der Schweizer Garde. Sie hantieren mit den Seilen an der Wand und lassen den großen Kronleuchter herunter.*

PAPST Was habt Ihr denn mit dem Kronleuchter vor. Schwester?

2. NONNE Ich brauch das, weil Ihr in dieser Höhe hängen müßt, Heiligkeit, – *zeigt mit der Hand in Kopfhöhe* – mit dem Becken nach unten, damit Rückgrat und Rückenmuskeln absolut entspannt werden.

* Gianni de Michelis, Beiname: der rote Doge von Venedig. PSI (partito socialista italiano), Bündnispartner von Bettino Craxi, dem ersten sozialistischen Ministerpräsidenten im Nachkriegsitalien. Heftig kritisiert wurden seine ehrgeizigen Pläne zur Erneuerung Venedigs, so daß er die Absicht, die Expo 2000 nach Venedig zu holen, aufgeben mußte. Eine schillernde Figur, Lebemann und Genießer. Derzeit Außenminister Italiens.

PAPST Ihr hängt mich auf, an Stelle des Kronleuchters?
2. NONNE Ja, Heiligkeit.
PAPST Davon hab ich immer geträumt.

Alle Anwesenden nehmen an der Aktion teil. Die Kronleuchterseile werden benutzt, um den Papst aufzuhängen. Er wird bäuchlings, mit dem Kopf nach vorn Richtung Publikum, auf drei gepolsterte Tragegurte gelegt.

2. NONNE Zieht das als Sicherheitsgurt unter den Achseln des Heiligen Vaters durch.
PAPST Der Gurt war ganz zufällig hier, hab ich Recht?
2. NONNE Den anderen unter den Hüften, den dritten unter den Beinen. So ist es gut. Und jetzt hieven wir den Heiligen Vater ganz vorsichtig hoch.

Die beiden Schweizer Gardemänner ziehen an den Seilen, der Papst wird hochgezogen.

2. NONNE Langsam... Vorsicht! Denn kurz vor Weihnachten, bei der Aufführung in Bologna, ist er abgestürzt!*

* Mit der Einfügung der Passage über »den Sturz Darios in Bologna« wird uns an einem Beispiel gezeigt, wie im Verlauf und mit dem Verlauf der Aufführungen eine Textimprovisation entstehen kann und zu einem neuen Bestandteil der Komödie wird (»commedia all 'improvviso«). Dabei wird die fortlaufende Handlung ganz bewußt unterbrochen, indem die Schauspieler sich direkt an das Publikum wenden. Gleichzeitig wird demonstriert, das auf der Bühne gespielte Stück ist keine Wirklichkeit, so wenig, wie der Schauspieler der Papst ist.

PAPST *zum Publikum* Wieso lacht Ihr? Entschuldigung, warum lacht ihr und klatscht? Ist das vielleicht nett? »Er ist runtergefallen! Was für ein Jammer, daß wir nicht dabei waren, um mit den Bolognesern in das Spottgelächter einzustimmen. Hoffentlich fällt er heut abend wieder runter, dann pissen wir uns vor Lachen voll!« Und dann heißt es wieder: »Ein liebenswertes Publikum!«

Der Professor rückt zusammen mit den Nonnen einen Tisch und einen Schemel neben den in der Luft schwebenden Papst.

PROFESSOR *zur 2. Nonne* Steigt auf den Tisch, dann erreicht Ihr bequem seinen Rücken.

2. NONNE Ich versuchs mal, aber haltet mich fest. *Zur 1. Nonne* Besorgt eine Schüssel mit kochendem Wasser, Schwester. *1. Nonne ab.*

PAPST Kochendes Wasser? Wozu das denn?

2. NONNE Keine Angst, ich werde es Euch nicht über den Rücken gießen, Heiligkeit. *Zum 1. Kardinal.* Ihr besorgt bitte Weihrauch, Eminenz, und vier große Leuchter, die laßt ringsherum aufstellen.

PAPST Sind wir schon bei der Leichenfeier?

2. NONNE Professor, in meiner Tasche ist eine Art Tabakdose mit Körnern drin, wenn das kochend heiße Wasser kommt, werft etwa ein Dutzend davon hinein. *Sie streckt die Hände nach vorn, zum Rücken des Papstes.*

Die Musiker gehen raus und kommen mit vier großen Leuchtern mit brennenden Kerzen zurück. Sie stellen sie seitlich vom Papst auf den Boden. Ihnen folgt ein Schweizer mit Weihrauch und ein Geistlicher, der ein großes silbernes Becken trägt. Er stellt es unter den hängenden Papst. Bei jedem Gang am Papst vorbei beugen alle die Knie. Der Papst erwidert mit merkwürdig verrenkten Gesten von Rumpf und Kopf.

PAPST *nach Ende der Prozession* Wann kommen die Heiligen drei Könige?

2. NONNE Entspannt Euch bitte, Heiligkeit.

PAPST Geht nicht. Ich fühl mich sehr unsicher... an diesem Apparat hängend, der hin und her pendelt... kann ich nicht auf den Erdboden entlassen werden?

2. NONNE *zu den Anwesenden* Wollen wir die Seile dort oben herunterlassen?

PRIESTER Natürlich.

2. NONNE *verkneift sich das Lachen* Die haben wir angebracht, nachdem er in Bologna abgestürzt ist.

PAPST Ich bestehe darauf!

Von oben werden vier Seile herabgelassen. Sie sind an dem Gerät, das den Papst trägt, befestigt und werden an den vier Ecken der Bühne festgezurrt.

2. NONNE Ihr seid total verkrampft, Heiligkeit.

PAPST Ich kann aus diesem Zustand nicht heraus.

2. NONNE Vor allem gelingt es Euch nicht, aus dem Vatikanstaat herauszukommen, Heiligkeit.

Die 1. Nonne kommt zurück.

1. NONNE Hier, das kochendheiße Wasser.

2. NONNE Gebt es ihm.

Der Professor schüttet das Wasser und die Körner in das silberne Becken. Seifenblasen steigen auf und schweben zum Papst hoch. Das Streichquartett und die Schweizer Garde stellen sich rund um den in der Luft schwebenden Papst auf.

2. NONNE Stellt Euch vor, Ihr seid im Freien... stellt euch vor, ins Meer zu gehn... Ihr schwimmt... mit kräftigen Stößen, und singt dabei. *Zur Schweizer Garde.* Heh ihr da, bringt das Gestell zum Schwingen.

Der schwebende Papst wird sanft geschaukelt. Die auf dem Tisch stehende Magierin streckt ihre Hände in seine Richtung.

PAPST Ich soll singen? Mal sehn. *Er stimmt einen gregorianischen Gesang an, den das Quartett sofort begleitet.* Aleus Domine fulgitur...

2. NONNE Das könnt Ihr mir nicht antun, Heiligkeit!

PAPST Gregorianisch...

2. NONNE Hat schon jemals einer beim Schwimmen gregorianisch gesungen?

PAPST Lefèvre macht das aber. *Bemerkt erst jetzt die festgezurrten Seile um sich herum.* Eine großartige Installation! Phantastisch! Wär ich da nur draufgekommen, als Gorbatschow kam... ich hätte mich in dieser Stellung befinden können – und große politische Ausgewogenheit demonstriert.

2. NONNE Auf, probiert es mit einem flotteren Lied!

PAPST Flotter? Flottes Gregorianisch gibt es nicht.

2. NONNE Es gibt doch noch mehr auf der Welt! Auch Ihr seid einmal ein Junge gewesen.

PAPST Ja, aber viel zu kurz.

2. NONNE Erinnert Ihr Euch nicht an irgendein flottes Liedchen?

PAPST Doch, jetzt fällt mir eins ein. Es geht so: *singt*
Strado-je-hobie alonnideja
Strado-je-nubie alfonidà
2. NONNE Ganz wunderschön, weiter, auf!!

Das Quartett unterstützt den Papst beim Singen.

PAPST Acuni bonnja inanolijae
A la-stonì-nijamihiae acooinàat!*
2. NONNE Los, singt weiter! Bald werdet Ihr spüren, wie Euch eine Welle von Wärme durchfließt. Auf!!

Alle singen mit dem Papst zusammen.

Strado-je-hobie alonnideja
Strado-je-nubie alfonidà
Acuni bonnja inanolijae
A la-stonì-nijamihiae accooinàat!

Plötzlich kommt der 2. Kardinal, in der Hand ein Foto. Er ist für die diversen Sicherheitsdienste im Vatikan verantwortlich. Zwei Mann von der Schweizer Garde begleiten ihn. Er bleibt bestürzt stehen und betrachtet verblüfft die Szene mit dem pendelnden, aufgehängten Papst.

PAPST Mit Eurem plötzlichen und ungelegenen Auftritt habt Ihr das sich bildende Gleichgewicht zerstört!
2. KARDINAL Verzeiht mein Eindringen, Heiligkeit, aber es geht um eine unaufschiebbare Personenüberprüfung. *Er nähert sich der 2. Nonne, steigt auf den Hocker, der neben dem Tisch steht. Er vergleicht ihr*

* Erfundenes Lied mit Lauten die slawisch klingen.

Gesicht mit dem auf dem Foto. Ja, sie ist es, hundertprozentig!

Er gibt den Wachen einen Wink. Sie wollen die Frau festnehmen.

PAPST *stoppt sie* Heh, was fällt Euch ein? Ihr seid wohl verrückt? Seit wann wird in meine Gemächer eingedrungen, und auf meine Hocker geklettert, ohne Voranmeldung?

1. KARDINAL Noch dazu mitten in einem slawischen Lied!

2. KARDINAL Aber es handelt sich um ein Sicherheitsproblem!

2. NONNE Ich warne euch. Falls die Behandlung nicht sofort weitergeführt wird, rastet alles wieder ein, und der Heilige Vater wird von neuem steif wie Zement!

PROFESSOR *steigt neben dem 2. Kardinal auf einen weiteren Hocker.* Als verantwortlicher Arzt für die Gesundheit des Pontifex Maximus befehle ich Euch, Eminenz, verlaßt diesen Raum!

2. KARDINAL Ich bedaure, Herr Professor, ich als für den Sicherheitsdienst im Vatinkanstaat Verantwortlicher muß hier bleiben, meine Pflicht erfüllen und Euch informieren, wer...

PAPST Ruhe! Wir sind nicht auf der Synode der Betriebsbasisgruppen!

1. KARDINAL Wir sind bestens informiert. Die Schwester hier engagiert sich bei einem Projekt zur Wiedereingliederung von Drogenabhängigen, außerdem ist sie eine angesehene Therapeutin...

2. KARDINAL Genau, sie arbeitet als Therapeutin, aber ohne Genehmigung der Gesundheitsbehörde,

also illegitim! *Zur Wache.* Schafft sie fort und zieht ihr die Kleider aus, die sie schändlicherweise trägt!

PAPST Ausziehen wollt Ihr sie? Spinnt Ihr denn? Hier, vor meinen Augen eine Nonne ausziehen? Was glaubt Ihr, wo Ihr seid? Im Crazy-Horse-Vatikan?

PROFESSOR Ja, Ihr seid wirklich von Sinnen, Eminenz! Die herausragende Phase im Prozeß der Androtherapie zu unterbrechen! Wollt Ihr etwa, daß ein arthritischer Paroxysmus ausbricht, der irreversibel wäre?

2. KARDINAL Wenn Ihr wüßtet! Die hier anwesende Magierin ist in Burundi keineswegs im Gewand einer Missionsschwester aufgetreten, diese Frau hat...

PAPST Das interessiert mich überhaupt nicht! Ob sie in Burundi als Missionsschwester oder bei der Caritas war! Begreift Ihr nicht, ich bin am einrosten! Raus! Geht endlich, samt Euren Schweizern!

2. KARDINAL Heiligkeit, mein Eingreifen dient nur dem Ziel, Euer Leben zu retten.

PAPST Was redet Ihr da von Leben retten? Wo ist denn Gefahr? Die Leute mögen mich, das Volks jubelt mir zu, ich habe die politische Situation fest im Griff...

2. KARDINAL Da haben wirs. Genau diese Worte sprach Ceaucescou, fünf Minuten, bevor er gestürzt wurde. *Er geht ab, gefolgt von der Wache.*

PAPST Unerhört! Und wie soll ich mich nach all dem wieder entspannen!

2. NONNE Beruhigt Euch. Fangt an zu singen.

PAPST Leicht gesagt. Ich spüre keinerlei Motivation mehr.

2. NONNE *hält die Hände immer zum Papst hingestreckt.* Gut, ich versuche, Euch zu helfen. Ich kenne

ein Lied, das hat eine ähnliche Melodie wie Eures. Es wurde in unserer Gegend gesungen, als ich ein Mädchen war.

PAPST Wirklich?

2. NONNE Wieso? Hört selbst, es geht ganz ähnlich.
Sie singt.
Oh frische Rose, heut ist ein heiterer Tag
Komm, steig herab, laß mich nicht länger warten.
Zieh dich aus, leg alle deine Blätter ab
Tauch tief hinein ins klare laue Naß
Du, eine Sirene in den Wellen
Mit deinen Augen ziehst du mich ganz tief ins Meer
Du ziehst mich hinab ins Meer
Du ziehst mich hinab ins Meer.

PAPST Heh, mal sachte. Gewisse heikle Themen wurden in meinem Lied aber nicht berührt. Zwei Verliebte, die sich ausziehen, ins laue Wasser eintauchen und sich ebenda umarmen ... nackt!

2. NONNE Zwei Verliebte? Wer behauptet das? Sie sind verheiratet!

PAPST Tut mir leid, nein. Zwei, die sich ausziehen, im lauen Wasser, und sich nackt umarmen, die sind nicht verheiratet! Und falls sie verheiratet sind, dann nicht miteinander.

2. NONNE Trotz alledem, Ihr habt ohne es zu merken, die Arme und den Rumpf bewegt, als sei alles in Ordnung!

PAPST Stimmt, hab ich gar nicht gemerkt.

2. NONNE Seilt Ihre Heiligkeit ab.

PAPST Ja, laßt mich runter... ich will versuchen zu gehen.

Alle helfen dem Papst, herunter zu steigen. Er erreicht den Boden, bewegt schlenkernd Beine und Rumpf.

PAPST Prächtig! Es geht wieder! Seht, wie schön ich mich bewege... Ein weißer Flamingo!

1. KARDINAL Es ist umwerfend, wie herrlich locker Ihr Euch bewegt. Reißt die Fenster auf! Der Papst ist genesen!

2. NONNE Nicht so eilig, dämpft Eure Begeisterung. Die Wirkung einer ersten Behandlung hält nicht lange vor.

Während die 1. Nonne die Fenster öffnet, kommt der 2. Kardinal. Ihm folgen zwei Männer der Schweizer Garde.

2. KARDINAL Bitte um Verzeihung Heiligkeit, aber ich kann nicht länger warten. Ich dränge darauf, Ihr müßt den Grund meines Kommens erfahren.

PAPST Sofort, seid so freundlich. Ich will mich zuerst bei der Schwester bedanken. *Das Streichquartett spielt gedämpft weiter.* Und nun möchte ich aufgeklärt werden. Ich spreche zu allen. Nehmt Platz. *Die Musik unterbricht.* Schwester, der hier anwesende Kardinal hat angedeutet, Ihr...

2. NONNE Ich sei keine Schwester.

PAPST Wie darf ich das verstehen?

2. NONNE Ich bin weder Schwester noch Nonne noch Karmelitanerin...

PAPST Aber doch Missionsschwester?

2. NONNE Mitnichten.

PAPST Und Ihr kommt auch nicht aus Burundi...

2. NONNE Und ob! Ich komme aus Burundi, so gut wie aus Sambia.

PAPST Nun, ein Restchen Wahrheit bleibt also. Verflucht, ich habs doch geahnt, gleich als Ihr hereinkamt. Da war irgend etwa mit Eurer Art Euch zu bewegen ... und dann, als mich der Hexenschuß traf ... aber ich war zu verwirrt. Also, wer seid Ihr?

2. NONNE Eine Hexe.

PAPST Was? Ist das ein Witz?

PROFESSOR Gewiß, Heiligkeit. Meine Mitarbeiterin hat eine enorme Schwäche für Übertreibungen, für alles Paradoxe ...

2. NONNE Hören Sie endlich auf mit diesem Theater, Professor. Ja, das bin ich: die klassische Hexe. Ich bin eine Hexe!

PAPST Nein, nein, das könnt Ihr nicht machen – hier in den Vatikan kommen und ungestraft erklären: Ich bin eine Hexe! Da flammen doch sofort die Streichhölzer auf. So begreift doch! Erklärt mir endlich ...

2. NONNE Heiligkeit, um Euch begreiflich zu machen, wie aus mir eine Hexe geworden ist, urkundlich bezeugt, müßte ich Euch mein ganzes Leben erzählen.

PAPST Erzählt.

2. NONNE Mein Leben? Also, ich hab ein Leben geführt, Heiligkeit – was für ein Leben! Eine Fernsehanstalt hat angefragt, sie wollen es verfilmen, als Serie, mit 139 Folgen ...

PAPST Schade, das schaffe ich nicht, Donnerstag muß ich nach Moskau. Erzählt mir einen Ausschnitt.

2. NONNE Einen Ausschnitt aus meinem Leben?

PAPST Ja, einen Spot.

2. NONNE Gut, einen Trailer. Ich bin in Afrika geboren, als Kind weißer Eltern, die bei einem Unfall während einer Großwildjagd ums Leben kamen. Da hat mich ein Bantu-Medizinmann aufgelesen und großgezogen, wie eine Mutter. Mit acht Jahren hat er mir alles übers Zaubern beigebracht, als Vorsorge für die Zukunft, mit neun

Jahren bin ich übers Feuer gelaufen, und mit zehn auf dem Wasser gewandelt... auch um das Feuer an meinen Füßen zu löschen. Als ich zwölf war, kam eines Tages eine wildgewordene Elefantenherde an und wollte mein Dorf niedertrampeln. Da hab ich mich vor sie hingestellt, die Arme erhoben und einen gräßlichen Schrei ausgestoßen! Die Elefanten haben vor mir Halt gemacht, und zwei Rhinozerosse knieten vor meinen Füßen, die machten iiih... iiih... so kommunizieren nämlich Rhinozerosse mit Menschen, und sagten zu mir: Wir liegen dir zu Füßen, mach mit uns was du willst, wir sind zu allem bereit... auch zum Namenswechsel, Hauptsache, du sorgst dafür, daß wir in die Sozialistische Internationale eintreten können, wie die KPI! Ende der ersten Folge. In der zweiten...

PAPST *unterbricht sie* Schon gut.

2. NONNE Aber in der zweiten Folge lerne ich Tarzan kennen! Als Präsidenten des WWF!

PAPST Sehr geistreich! *Zum Professor.* Diese Frau hat wirklich außerordentliche Fähigkeiten! Aber wie kamt Ihr auf die Idee, sie als Nonne verkleidet zu mir zu bringen?

PROFESSOR Erst einmal mußte ich ihr Zutritt in den Vatikan verschaffen, und sie an der Wache vorbeischleusen.Und ganz im Ernst – hättet Ihr sie denn anders akzeptiert?

PAPST Weiß nicht... aber da sie sich als vertrauenswürdig erwiesen hat, warum sollte ich vorbeugende Sicherheitsmaßnahmen...

2. KARDINAL Es gibt vorbeugende Maßnahmen! Heiligkeit, ich versuchte Euch bereits zu sagen, Ihr solltet diese Halsabschneiderin auffordern, Euch ihren wahren Beruf zu verraten! Dann entdeckt Ihr,

daß sie eine üble Geschäftemacherin ist. Sie führt mehr oder weniger illegal Abtreibungen durch!

MAGIERIN Das war zu erwarten!

PAPST Ihr macht Abtreibungen?! Seid eine Engelmacherin?!

PROFESSOR Wir wollen nicht übertreiben. Sie arbeitet in einer therapeutischen Lebensgemeinschaft, in der auch zugelassene Ärzte tätig sind.

PAPST Die Abtreibungen durchführen! Ihr ahnt wohl nicht, was Ihr angerichtet habt?! Ich meine Euch, Professor, und *Zum 1. Kardinal.* Euch, meinen Privatsekretär! Die Existenz dieser unglückseligen Frau interessiert mich nicht!

MAGIERIN *sucht ihre Taschen zusammen* Das Leben ist schon seltsam. Gerade eben war ich noch eine außergewöhnliche Frau, und jetzt bin ich der letzte Dreck.

PAPST Das ist eine gemeine Intrige – eine Beleidigung meiner Person, und all dessen, was sie verkörpert. Man stelle sich vor, Ihr habt dieser Elenden gestattet, mich zu berühren, mit ihren Mörderhänden, mit denen sie unschuldige Wesen, die ans Licht kommen wollten, ermordet hat.

MAGIERIN Entschuldigt, Heiligkeit, wenn ich mir herausnehme, noch immer zu reden. Eins ist klar, auch ich bin persönlich gegen die Abtreibung. Ich akzeptiere sie bloß, aber mit großem Widerwillen und voller Schmerz, um bestimmten verzweifelten Frauen eine noch größere Tragödie zu ersparen, denjenigen, die es noch heute mit Petersiliensud versuchen, oder die elend verrecken, glaubt mir!

PAPST Unerhört! Das ist pure Demagogie.

MAGIERIN Wegen meiner Hände seid Ihr entrüstet. Aber es hat Euch wenig ausgemacht, Heiligkeit, andere Hände zu schütteln, an denen wahrhaftig Schmutz klebt, die Hände von Marcos oder Pinochet oder anderen mörderischen Staatsoberhäuptern, Typ San Salvador!

PAPST *zum Kardinal Geheimdienstchef* Kardinal!

2. KARDINAL Ja, Heiligkeit?

PAPST Bringt diese Frau zum Schweigen! Jagt sie davon! Raus!

2. KARDINAL *zu den Wachen* Abführen!

Die Wachen greifen sie, nehmen sie in die Mitte und bringen sie zum Ausgang.

PAPST Sie soll das Gewand ablegen. Übergebt sie der Polizei ihres Heimatlandes. Nein, es reicht, wenn Ihr sie zum Tor bringt. Raus, hab ich gesagt!

MAGIERIN Heiligkeit, wünsche gutes Einrosten! *Sie geht ab, von den Wachen begleitet.*

PAPST Raus! *Er erstarrt in der Geste, wieder mit ausgebreiteten Armen.*

1. KARDINAL Seht Ihr, sie hats geschafft! Sie wars, sie wars! Sie hat ihn wieder blockiert!

PROFESSOR Und was machen wir jetzt?

Die Magierin läuft auf die Bühne zurück.

MAGIERIN Kann ich behilflich sein?

CHOR *alle machen mit der Hand die Geste* Raus!

Die Magierin stößt einen Schrei aus. Alle zucken zusammen, als hätten sie einen Stromstoß erhalten und erstarren, wie der Papst, mit ausgebreiteten Armen. Die Magierin geht ab. Musik. Licht aus.

ENDE ERSTER AKT

ZWEITER AKT

Innenraum. Eine Halle oder ein heruntergekommener Schuppen mit einer Fensterwand und Oberlicht. Die Verglasung ist schadhaft. Der Raum macht einen kargen Eindruck. Vom Eingang führt eine Treppe hinunter. In der Mitte der Bühne steht ein langer Tisch. Eine Gruppe Jugendlicher ist mit Webarbeiten beschäftigt. Sie sehen elend und abgerissen aus, es sind offenbar Drogenabhängige.
Die Magierin – wir kennen sie als 2. Nonne – ist einfach gekleidet, sie trägt Hosen und darüber einen Arztkittel. Sie massiert gerade einen Jungen, der auf dem Tisch liegt. Von hinten erscheint der Professor. Die Jugendlichen laufen ihm entgegen, rufen durcheinander und wollen ihn durchsuchen.

PROFESSOR Darf ich?
1. JUNGE Da kommt er endlich!
1. MÄDCHEN Hast du das Pulver* mit?
2. MÄDCHEN Is das der Dealer?
3. JUNGE Wo isses, los, her damit!
PROFESSOR Ruhe! Weg mit den Pfoten!

* Zur »Junkiesprache« im 2. Akt

Wie im italienischen Original soll durch die Benutzung authentischer Ausdrücke ein realistischer Einblick in das Drogenproblem gegeben werden. Im Umgang mit der Industriedroge Heroin hat sich auf der Szene eine Außenstehenden unbekannte und unverständliche Sprache herausgebildet. Sie kann als »Schutzsprache« bezeichnet werden. Auf der Szene wird also nie von Heroin oder »H« gesprochen, die Droge wird als »junk« oder »Pulver« bezeichnet, auch »rocks«, was sich von Kristallknoten ableitet. »Haste noch was Pulver?« Wenn »Fixer« sich

MAGIERIN Halt, laßt ihn gehn! Er ist es nicht! Das ist ein Professor.

1. JUNGE Warum? Ein Professor kann doch unser Pack dabeihaben!

MAGIERIN Verschwindet, hab ich gesagt!

Alle kehren zurück an ihre Arbeit.

PROFESSOR Ein schöner Empfang! Was wollten die denn von mir?

MAGIERIN Nichts, garnichts. Es war ein Mißverständnis, Professor.

PROFESSOR Na schön. Übrigens, sind die Arzneimittel angekommen, die ich Ihnen schickte?

MAGIERIN Danke ja. *Sie hat die Massage des Jungen beendet, schickt ihn weg.* Der nächste, bitte!

ASSISTENTIN Los, jetzt du.

PROFESSOR Nanu, ist das ein kühler Empfang. Sind Sie auch auf mich wütend?

MAGIERIN Überhaupt nicht. Nein, ich hab bloß einen Haufen Probleme am Hals. Sagen sie schon, was kann ich diesmal für Sie tun?

»einen Druck setzen«, spricht man von »zudröhnen«, »was reinballern«, »sich die Birne zuknallen«. Hat man sich »genadelt« oder »perforiert«, dann ist man »zu«. »Ich bin gut perforiert« bedeutet, man hat »eine Naht«, einen »Reißverschluß« vorzuweisen, vor allem aber drückt diese Äußerung den Stolz aus, schon lange dazuzugehören, also in der Hierarchie ganz oben zu stehen.
Auffällig ist der aggressive Charakter dieser Gruppensprache. Die Spritze, »die Fixe«, wird auch als »gun« bezeichnet: man »zieht die gun ab«.
Für diese und andere Hinweise zum Drogenproblem danke ich Gerd Klever. (RCH)

PROFESSOR Ach, ich bin nur vorbeigekommen, um zu hören, wie es euch geht.

MAGIERIN Reizend. Also, wie gehts uns, Professor! Bestens, und Ihnen? Was macht die Familie, Empfehlung an die Frau Gemahlin, und grüßt die Oma ... *Sie schiebt ihn zur Tür.*

PROFESSOR Was? Sie zeigen mir die Tür? Haben wir nicht zusammen gearbeitet, sind wir nicht Freunde gewesen?

MAGIERIN Hören Sie auf mit der Gefühlsduselei. Sagen Sie mal, Sie sind doch nicht gekommen, um mich wieder einmal zu beschwatzen, damit ich diesen... den Stellvertreter von dem mit dem Triangulum besuche?

PROFESSOR Um Gotteswillen! Reisen ins Reich des Herrn und seines Statthalters? Nie wieder?

MAGIERIN Gottlob.

PROFESSOR Er will kommen.

MAGIERIN Wer?

PROFESSOR Der Statthalter höchstpersönlich.

MAGIERIN Er kommt zu mir? Ja, hat er völlig den Verstand verloren?

PROFESSOR Nahzu, weil, wenn der Berg nicht zum Propheten kommt...

MAGIERIN Ich bin ein Berg, das ist ja scharf. Was für ein Mannsbild! Erst werde ich als Mörderin beschimpft, und dann fällt er vor mir auf die Knie, bloß weil es ihm schlecht geht.

PROFESSOR Der Ärmste, er ist völlig am Ende. Inzwischen hat er die Totalstarre. Wir haben alles versucht, Elektroschocks, magnetische Nadeln, bis hin zu Infiltrationen der Ganglien des Sympathikus, ohne Erfolg. Auf dem Höhepunkt der Verzweiflung fing er an, nach Euch zu verlangen...

MAGIERIN Gleich kommen mir die Tränen, Professor. Wie wird er denn aufkreuzen, etwa im weißen Rolls Royce? Um in dieser Gegend nicht aufzufallen?

PROFESSOR Ganz im Gegenteil, still und heimlich und unauffällig gekleidet. Seien Sie großmütig, und sagen Sie nicht nein.

MAGIERIN Schließlich ist er ein armer Christenmensch, wie wir alle, was? Wo steckt er? Ich wette, er ist bereits da.

PROFESSOR Erraten! Ich hab ihn gleich mitgebracht. Da kommt er.

Auf ein Zeichen des Professors kommt von hinten der Heilige Vater nach vorn. Er ist dunkel und schlicht gekleidet, trägt eine Jacke aus Barchent und ein kragenloses Hemd. Die Arme hält er hochgestreckt. Um die ungewöhnliche Haltung zu verschleiern, trägt er einen Korb mit Obst und Gemüse auf dem Kopf.

PAPST Guten Tag.

MAGIERIN Wie seht Ihr denn aus?

Die Mädchen und Jungen fallen aufgeregt über ihn her.

1. JUNGE Da isser endlich!

3. JUNGE Er hat den Junk im Korb!

2. JUNGE Diesmal issers wirklich!

PAPST Halt, was wollt ihr!

1. MÄDCHEN Jetzt wirst du gebustet!*

* Junkiesprache für durchsucht

Einer der Jungen reißt ihm den Korb aus den Händen. Der Papst hält weiter die Arme hoch.

2. MÄDCHEN *durchwühlt den Korb* Wetten, diesmal haben sie es in die Tomaten und Kartoffeln abgefüllt!

PAPST Was soll das?

MAGIERIN Laßt ihn in Ruhe, das ist nicht der Kurier! Aufhören!

PAPST Was suchen sie denn?

PROFESSOR Über mich sind sie genauso hergefallen.

MAGIERIN Mein Gott, Ihr seht ja wirklich übel aus. *Sie bringt den Professor zu einem Stuhl.* Setzt Euch.

2. MÄDCHEN Was will der mit seinen erhobenen Armen. Ob er ein indischer Heiliger ist?

1. JUNGE Wenn das auch der Falsche war, wann kommt der Kurier denn? Die andern Tage war das Pack um diese Zeit längst da!

MAGIERIN Woher soll ich das wissen? Ihr müßt halt Geduld haben.

2. MÄDCHEN Aber mir ist schon ganz schlecht, ich kann nicht mehr.

MAGIERIN Wen juckt das schon? Nimm dir ein Beispiel an diesem Herrn, der ist noch viel schlechter dran als du, und beklagt er sich?

2. MÄDCHEN Seh ich so aus als wär ich ein indischer Guru?

PROFESSOR Auf was warten sie eigentlich?

MAGIERIN Auf ein Gratispack.

PROFESSOR Gratis? Und wer soll das bringen?

MAGIERIN Keine Ahnung.

PAPST Und wenn ich das in der Tasche hätte?

MAGIERIN Ihr habt ein Pack in der Tasche?

PAPST Ja, ein hauchdünnes. Als ich draußen stand und wartete, ob ich rein darf, hat mir das irgendeiner gegeben. Er hats mir in die Jacke gesteckt.
1. JUNGE Heh, der Fakir hat das Pulver!
3. JUNGE Wo denn, in welcher Tasche?

Die Jungen werfen sich auf ihn, er fällt hin.

1. MÄDCHEN Gibs her, du Hindu!
MAGIERIN *hilft dem Papst auf* Hört sofort auf, oder ihr fliegt auf die Straße! *Man hilft dem Papst, sich zu setzen.* Wehe, es wagt einer, ihn anzurühren!
2. MÄDCHEN Das ist wohl der liebe Gott!
MAGIERIN Nicht schlecht geraten. Erlaubt Ihr, Heil... darf ich mal?
PAPST Ja, genau da, in der Innentasche.
MAGIERIN *holt ein durchsichtiges Briefchen mit weißem Pulver aus seiner Jackentasche* Tatsächlich, er ist es, er hat unser Pack.
CHOR Ohoo!
PAPST Vorhin der Mensch hat gesagt: Das gibst du Elisa. Wer ist das?
MAGIERIN Das bin ich.
PAPST Ach, Ihr seid Elisa? Angenehm.
MAGIERIN *zu den Jugendlichen* Der Reihe nach anstellen bitte. Gebt Ruhe, erst muß die Dosis eingeteilt werden. *Zum Papst.* Entschuldigt, es dauert nicht lange. Danach komm ich zu Euch.
PAPST Dann kann Euer Zorn ja nicht mehr so schlimm sein, oder?
MAGIERIN Ich hab zu wenig Zeit, um nachtragend zu sein. Wer seinen Ärger, seinen Haß ordentlich pflegen will, der muß Zeit übrig haben.

PAPST Aber neulich, vor ein paar Tagen, als Ihr weggingt, da wart Ihr wirklich von allen guten Geistern ... von Gott verlassen.

MAGIERIN Das passiert mir alle Jubeljahre, so oft wie ein Papst stirbt ... – *Reaktion des Papstes* – ja, nein, ein Bischof ... ach was, Ihr wißt schon. *Zur Assistentin.* Hast du die Spritzen bald fertig? Ich bin gleich soweit. *Zu einem Jungen, der an eine Spritze will.* Pfoten weg! Professor, faßt Ihr mit an?

Ein Mädchen bringt der Magierin das typische Klinikwägelchen mit Fläschchen, Reagenzgläsern, Schalen und Instrumenten, sowie einem Gaskocher. Sie wiegt Pulver, bricht Ampullen und mischt alles in einem Gefäß. Sie nimmt eine Spritze und bereitet die erste Injektion vor.

PROFESSOR Bitte, irre ich mich oder beabsichtigt Ihr ...

MAGIERIN Nein, Ihr irrt Euch nicht. *Zu den Junkies.* Wer kommt zuerst? *Alle drängeln nach vorn und rufen durcheinander.* Einer nach dem andern! Halt! *Sie läßt einen Jungen hinsetzen.*

PROFESSOR Was spritzt Ihr ihnen?

MAGIERIN Heroin.

PROFESSOR und PAPST Was?!

PAPST Heroin? Wollt Ihr sagen, in dem von mir überbrachten hauchdünnen Briefchen ...

MAGIERIN Ja, es enthielt Heroin, und zwar pur.

PAPST Und ich hab den Kurier gespielt? Stellt Euch vor, just in dem Augenblick, als ich es einsteckte, wäre zufällig ein Spitzel vorbeigekommen und hätte mich überrascht ...

MAGIERIN Das wär der schönste Skandal des Jahrhunderts geworden!

PAPST Da lacht Ihr auch noch! Ich kann nicht mehr, gleich brechen mir die Arme ab.

MAGIERIN Nehmt doch die Stange als Stütze, dort in der Nische, sie ist wie für Euch gemacht. Der Stoff wird übrigens nicht pur gespritzt, sonst würden sie draufgehen. Es wird gestreckt durch Beimischung von Arsenofix, zur Gefäßerweiterung und von Merenal zur Verflüssigung, alles Weitere bleibt Betriebsgeheimnis.

PAPST Ihr verabreicht einfach Rauschgift – in so einem Schuppen?

MAGIERIN Ihr habt Recht, der Ort ist zu häßlich, er könnte gemütlicher sein. Die Atmosphäre fehlt, bequeme Sofas, Wasserpfeifen ... *Unterstützt von der Assisentin verabreicht sie nach und nach allen Drogenabhängigen Spritzen.*

PAPST Hört auf zu spotten. Was Ihr da tut, ist Wahnsinn!

MAGIERIN Tja, eine wahnsinnige Lösung in einer wahnsinnigen Situation. Ich sehe momentan keinen anderen Ausweg.

PAPST Das glaube ich nicht. Und Ihr, Professor, bleibt stumm?

2. MÄDCHEN Mann, ist das eine Nervensäge!

PROFESSOR Oh, ich bin ebenso bestürzt wie betroffen.

PAPST War das alles? Hier wird gedealt! Und Ihr seid bloß bestürzt und betroffen?

MAGIERIN Langsam. Wo wird hier gedealt? Bei uns gilt ein Arzneimittelfixpreis. Gehst du zum Dealer, so mußt du für eine Dosis bis zu fünfzig Mark zahlen, bei uns kostet das gleiche nur 5 Märker. Intravenöse Verabreichung, sterile Spritze, ärztliche Kontrolle alles im Preis inbegriffen. *Sie zeigt auf die Assistentin.* Sie ist eine Ärztin, zwar ihrerseits abhängig, aber immerhin Ärztin.

2. MÄDCHEN Und bist du mal blank, dann gibt es sogar Kredit.

PAPST Heiliger Himmel! Auf die Art und Weise befördert Ihr doch nur die Korruption, das Laster und die Kriminalität!

MAGIERIN Entschuldigt, aber eben redet Ihr wie ein Faltblatt von »Comunione e Liberazione«. Das Gegenteil ist wahr, wenn schon! Der zum Beispiel – *zeigt auf einen Jungen* – muß, damit er seinen Tagesbedarf abdecken kann, mindestens zehn Straßenpacks, die mit werweißwas gestreckt sind, an andere arme Schweine verdealen, oder sonst ein krummes Ding drehen. *Zum 1. Mädchen.* Erzähl dem Herrn mal, wie du dir dein Pulver besorgst.

1. MÄDCHEN Ich geh anschaffen.

MAGIERIN Das sagt man nicht! Du bietest Zärtlichkeit an, gegen Lohn. Und sie da verübt Geschicklichkeitsdelikte. Er macht das gleiche, jedoch ohne viel Geschick, und sitzt deshalb ständig im Knast. Von der Sorte gibt es noch einige, die später kommen, in der zweiten Schicht. Lauter nette Jungs, die in den Knast ein- und wieder ausfahren.

PAPST Was, ihr arbeitet im Schichtbetrieb?

1. JUNGE Du hast es erraten, Guru! Wir machen pro Tag bis zu fünfzig Rocks.

PAPST Oh nein, hier halte ich es keine Minute länger aus! Und wenn ich mein verdammtes Übel behalte! *Er geht Richtung Ausgang.*

MAGIERIN Ach, es widert Euch an. Das kann ich verstehen. Dann geht doch! Ihr glaubt wohl, es macht mir Spaß, die Kids hier mit giftigem Schweinkram vollzupumpen, weil ich so verkommen und pervers bin? Nein, für mich ist es immer wieder ein Horror, vielleicht mehr als für Euch. Ich kriege jedes Mal Bauchschmerzen, zum Kotzen!

PAPST Wer zwingt Euch denn dazu?

MAGIERIN Was mich dazu zwingt? Ich wollte, Ihr wärt dabei, wenn sie ankommen mit ihren Entzugserscheinungen, weiß wie Leintücher, wenn ihnen übel ist, wenn sie würgen und jammern. Die halbe Stadt haben sie abgeklappert, an alle Türen geklopft, auf der Suche nach Hilfe, nach einer helfenden Hand. Die Beratungsstellen haben keine Möglichkeit, sie unterzubringen, im Krankenhaus weist man sie ab, die U.S.L.* wirft sie hinaus. Will man in eine therapeutische Wohngemeinschaft, dann muß man drei oder vier Monate warten, bis alle Untersuchungen abgeschlossen, alle Voraussetzungen erfüllt sind. Dann kommst du auf die Warteliste, denn es gibt um die 8000 Plätze, aber eine halbe Million Drogenabhängige. Und ich, soll ich ihnen ebenfalls einen Tritt geben? Los, haut ab, Leute, geht auf den Strich, prostituiert euch, und verseucht die anderen, denn sie sind ja fast alle HIV-positiv. Geh doch Klauen, geh Einbrechen, geh und laß dich umbringen! Nein. Ich geb ihnen ihren Schuß. Hole sie aus der Krise. Ich versuche sie zu überzeugen, daß dieser Trip Scheiße ist, daß sie sich umbringen. Ich behandle sie, rede mit ihnen, versuche sie zum Nachdenken zu bringen, und kriege sie sogar dazu, was zu arbeiten.

* U.S.L. Unità sanitaria locale. Nach der Refom des Gesundheitswesens in Italien eingerichtete kommunale Gesundheitsbehörde, als Ersatz für das herkömmliche Krankenkassensystem.

PAPST Ist ja großartig! Zuerst kommt der Druck, anschließend wird nachgedacht! Das ist ja das Paradies auf Erden – wo man an Stelle der verbotenen Äpfel gratis die Birne zugeknallt kriegt!

MAGIERIN Hört doch auf zu spotten. Ich riskiere, in den Knast zu kommen. Es ist wahr, ich gebe ihnen Heroin, aber vom Besten, keinen Verschnitt. Ich versuche diese Junkies am Leben und gesund zu erhalten, bis sie sich entschließen, das Fixen sein zu lassen – denn an Heroin muß man nicht unbedingt sterben, aber bei AIDS geht man drauf.

PAPST Aber besteht nicht Gefahr, daß diese Unglückskinder Euch nur aufsuchen und euch zuhören, weil Ihr sie auf sehr bequeme Weise mit der Droge versorgt?

MÄDCHEN Heh, der Guru hat was gegen uns!

PROFESSOR Ganz genau, diese Menschen haben nur ein Lebensziel: ihre Dröhnung. Vernunft, Dankbarkeit, Liebe – das kennen die nicht!

PAPST Ja, aber wir müssen auch Verständnis für diese unsere Kinder aufbringen. Für unsere Kinder, sage ich, die in einen Abgrund gestürzt sind, in eine schlimme Entfremdung – und dafür tragen wir einige Verantwortung!

PROFESSOR Es ist schier unmöglich, sie da herauszuholen!

MAGIERIN Schluß jetzt, Professor! Es ist schier unmöglich, also was tun wir? Wir stecken sie in den Knast. Oder, wie wärs, wenn man sie alle in einem Ghetto zusammenfaßte, in einem hübschen zoologischen Garten? Wo sie sich volldröhnen dürfen bis sie durchknallen? Jede Gesellschaft, jede historische Epoche braucht ihre Sündenböcke. Erst waren es die Juden, dann die Neger, dann die Homosexuellen, und jetzt sind es die Drogenabhängigen!

PAPST Das ist wahr. Ihr habt völlig zu Recht auf unsere Heuchelei verwiesen, auf Egoismus und Unduldsamkeit. Der Sündenbock ist unsere Lösung, um uns von Sünden zu reinigen. Oaah! Entschuldigt, ich hab einen Krampf im Arm! Helft mir!

MAGIERIN Schnell, Jacke ausziehen! *Sie fängt an ihn zu massieren.*

PAPST Aber wenn Ihr ihnen die Droge gratis verschafft, fürchtet Ihr nicht, daß die Jüngeren neugierig werden und es einmal ausprobieren wollen – die Jungen, die im Moment noch abgehalten werden, aus Furcht, im Gefängnis zu landen?

PROFESSOR Und weil es so schwierig ist, sich den Stoff zu besorgen!

MAGIERIN Die Jüngeren? Was redet Ihr da. Nein, von mir bekommen nur diese Starrköpfe hier Heroin, die nicht aufhören wollen. Und außerdem – man findet das Zeug an jeder Straßenecke. *Sie massiert den Papst weiter.*

2. MÄDCHEN Klar, überall kriegst du das Pulver, egal wie oder wo.

1. MÄDCHEN Du kriegst es hinterher geworfen!

1. JUNGE Hauptsache, die Kohle stimmt.

PAPST Meinetwegen. Wer versorgt eigentlich euch mit diesem hundertprozent reinen Heroin, woher stammt es?

MAGIERIN Keine Ahnung. Ihr müßt Euch lockern. Entspannt Euch. Vielleicht von einem Wohltäter, der nicht bekannt werden will. Er schickt es jedes Mal auf eine andere Art her. Mal rast einer wie der Blitz auf dem Motorrad vorbei und wirft uns das Pack durchs Tor. Mal fliegt oben durch die kaputten

Scheiben eine Taube, und siehe da, an ihren Klauen hängt ein Tütchen ...

PAPST Eine Drogenbrieftaube?!

MAGIERIN Gestern hat uns ein Typ 24 Eier geschenkt, – *zeigt auf einen Jungen* – und dieser Flachkopf hat nicht gemerkt, daß zwei davon ausgeblasen und mit H gefüllt waren. Er hat eine Pfanne Rührei für uns gemacht, 300 Gramm Heroin, in Butter gebraten! Wie wir dann essen, ein Gerülpse war das!

PAPST Also bitte. Ich will wissen, wer Euch beliefert und wie es ankommt.

MAGIERIN Weiß ich nicht. Es kommt jeden Tag anders und heute sogar durch Euch.

PAPST Oh, ich bin ein Osterei.

MAGIERIN Geht es Euch besser?

PAPST Ja, danke, etwas, aber meine Arme sind immer noch blockiert.

MAGIERIN Ich könnte Euch ganz fix entkrampfen – wenn Ihr Euch traut!

PAPST Wie denn?

MAGIERIN Durch Hypnose.

PAPST Nein, keine Hypnose! Ich habe nicht vor, mit demselben dämlich bestürzten Gesicht rumzulaufen, wie Scalfari, seit er entdeckt hat, daß er die Repubblica, seine Zeitung los ist und demnächst als Chefredakteur bei »Il Monello« arbeiten muß!*

* Eugenio Scalfari war und ist Direktor und war Miteigentümer der liberalen überregionalen Tageszeitung »La Repubblica«. Diese wurde 1989 an die dem Medienzar Berlusconi gehörende Holding »Fininvest« verkauft. »Il Monello«, zu deutsch »der Spitzbube«, ein wöchentlich erscheinendes Comicheft nach Art von »Tim und Struppi«.

Die Tür wird mit viel Krach aufgerissen. Alle drehen sich um. Ein Betrunkener kommt. Die Assistentin beeilt sich, ihn festzuhalten, bevor er hinfällt.

SÄUFER Ich habe Durst! Ich erhebe Anspruch auf meine gesetzliche Ration!

ASSISTENTIN Versteht sich, die sollst du haben.

SÄUFER *schüttelt die Assistentin ab* Ich kann von allein stehen. *Zur Magierin.* Hallo, Chefin! Wo bleibt mein Wein! *Zu allen* Salute!

CHOR Salute!

MAGIERIN Salute, mein Freund! *Zu Papst und Professor.* Ein Stammkunde.

PROFESSOR Ihr tankt auch die Alkoholiker auf?

MAGIERIN Ich versuche es zumindest. Er erscheint täglich auf die Minute genau, um seine Ration zu schlucken, jedes Mal zwei bis drei Liter – dann geht er von dannen, rüstig, als sei er der Papst.

PAPST Ihr sagt es. Ein Papst ist immer rüstig!

MAGIERIN *geht zum Säufer* Herzlich willkommen. Sag, womit kann ich dienen, was darf es sein?

SÄUFER Heut hätt ich nicht übel Lust auf einen Frizzante, vielleicht einen Sauvignon del Friuli – falls Ihr den habt!

MAGIERIN Aber selbstverständlich. Sogar einen besonders guten Jahrgang, frisch aus dem Keller, ich hol ihn gleich. Aber zuerst tu mir den Gefallen, und sieh dir meinen Finger an.

SÄUFER Wieso, was hat denn der Finger?

MAGIERIN Keine Fragen. Schau genau hin. Wie er sich bewegt, sich dreht, und dreht, immer weiter...

PAPST *zum Professor* Was hat sie vor?

PROFESSOR Ich vermute, sie will ihn hypnotisieren.

MAGIERIN So ist es gut. Du fühlst dich ganz leicht ... als schwebtest du ... bleib so ... bravo! Zur Belohnung kriegst du jetzt deinen gut gekühlten Sauvignon Frizzante. Da hast du die Flasche. *Sie mimt, eine Flasche zu nehmen.* Den Korken machst du selbst raus. *Sie gibt sie dem Säufer.* Für den braucht man einen Römer, aus Kristall. *Sie tut, als putze sie ein Glas.*

SÄUFER Genau! *Nachdem er die imaginäre Flasche entkorkt hat, gießt er sich ein, riecht am Glas und trinkt.*

MAGIERIN Wie ist er?

SÄUFER Guut. Eine Spur fruchtig ... hervorragend! *Zu Papst und Professor.* Trinkt Ihr ein Gläschen mit?

PROFESSOR und PAPST } Danke, nicht nötig.

SÄUFER Ziert Euch nicht, ich lade Euch ein. Ich hab heute Geburtstag!

MAGIERIN Stimmt, er hat täglich Geburtstag. Ihr dürft nicht ablehnen. Da, Eure Gläser. *Zu einem Mädchen.* Hilf mir ein bißchen.

Alle spielen die Pantomime mit. Sie verteilen Gläser, schenken aus und kosten. Der Papst hält stets die Arme hoch. Ein Mädchen mimt, ihm die Gläser zu reichen.

CHOR Zum Wohl!

SÄUFER Wie findet Ihr meinen Wein?

PROFESSOR Hat eine sehr schöne Farbe.

PAPST Wie Bernstein.

SÄUFER Trinkt aus! Das ist die reine Medizin! Zum Wohl!

CHOR DER JUNKIES Zum Wohl! *Alle mimen, sie trinken.*

PAPST Nicht zu fassen. Mit der Hypnose ist es Euch gelungen, ihn davon zu überzeugen, er sei am trinken? Sagt, wenn die Hypnose bei Trinkern so gut funktioniert, warum probiert Ihr sie nicht auch bei den Süchtigen aus?

MAGIERIN Ach was, das klappt nicht. Es ist, als versuche man einen Spiegel zu hypnotisieren.

SÄUFER Bis demnächst Freunde! Das wars für heute. Salute!

ALLE Salute!

Zwei Typen mit arroganter Miene kommen; sie schubsen den Säufer vor sich her.

1. FRECHER Hallo? Ist das Lokal noch geöffnet?

PAPST Noch mehr Säufer?

2. FRECHER Kann man hier noch einen zischen?

SÄUFER Leider nein. Dies ist ein Vereinslokal.

1. FRECHER Hau ab, du Arsch! *Er wirft ihn zu Boden.*

1. MÄDCHEN Heh, ihr Blödmänner!

2. MÄDCHEN *geht auf die zwei Frechen zu* Was bildet ihr euch eigentlich ein?

Der 1. Freche gibt ihr einen Tritt. Der Säufer steht auf und verschwindet.

PROFESSOR Was wollt ihr?

MAGIERIN Sucht ihr etwas?

1. FRECHER Das kommt drauf an. Wer ist hier der Chef? Bist du Elisa?

MAGIERIN Jawohl. Was gibt's?

2. FRECHER Guten Tag. Kontrolle vom Amt für Gesundheitswesen. *Er beobachtet einen Jungen, der*

sich den Arm reibt; dann die Spritzen auf dem Wägelchen.

1. FRECHER Wie ich sehe, seid ihr gerade mitten bei der Ausgabe. *Er packt den Jungen am Gesicht.* Da schau her. Die sind ganz frisch genadelt. Total perforiert.

2. FRECHER *öffnet einem Mädchen mit dem Daumen das Auge* Tatsache. Die Pupille so klein wie ein Stecknadelkopf.

MAGIERIN Wenn schon – was geht euch das an?

1. FRECHER Gestatten, Madam? Komitee zur zwangsweisen Rehabilitierung Süchtiger. Unser Motto heißt: Hundert umlegen, und keiner wird gerettet. Dürfte ich mal die Ware begutachten, zur Überprüfung.

MAGIERIN Hier ist nichts zu kontrollieren, der Professor hier garantiert dafür...

PROFESSOR Ich garantiere für alles.

1. FRECHER Was für ein Professor?

PROFESSOR Professor für Neurologie und Psychiatrie.

1. FRECHER Ja, und ich für Chirurgie und Orthopädie. *Er packt ein Mädchen am Arm, wirft sie zu Boden.* Und jetzt kommt subito mit dem Stoff rüber, oder ich brech ihr den Arm entzwei und gipse ihn anschließend ein, gratis.

PAPST Sie unverschämter Mensch, lassen Sie sofort das Mädchen los!

2. FRECHER Wer ist das denn? Warum streckt der seine Arme hoch, wie zum Hallelujah?

1. JUNGE Ein heiliger Hindu! Ich glaub, der tut Buße!

1. FRECHER Dann bleib gefälligst bei deinem Hallelujah und hör auf zu nerven, sonst kriegst du eine

geballert, daß die Arme runterfallen, und du stramm stehst!

PAPST Zu Befehl. Ich zieh mich in meine Nische zurück.

Der Gangster verdreht einem Mädchen den Arm, sie schreit.

1. FRECHER Entscheide dich! Gleich bricht er! Wo ist der Stoff?

Das Mädchen schreit.

MAGIERIN Hör auf, laß sie los! Ich hab den Stoff, da. *Sie reicht dem Gangster ein paar Tütchen.* Friß und krepier!

1. FRECHER Das seh ich als eine Kostprobe!

2. FRECHER Hältst du uns für Kanarienvögel? Da, ein Spritzer zum probieren!

1. FRECHER Uns interessiert das Kilopack, verstanden?

2. FRECHER Genau, wir sind nämlich gefräßig! Her mit dem Kuchen!

MAGIERIN Bedaure, aber hier gibt es kein Kilopack.

2. MÄDCHEN Stimmt, unser Pulver kommt täglich – höchstens 50 Straßenpacks auf einmal.

MAGIERIN Wir wissen nicht, wer es schickt, geschweige denn woher es stammt.

PROFESSOR Es handelt sich offenbar um eine Spende.

2. FRECHER Eine Spende?

PAPST Ja, eine Art Wunder.

1. FRECHER Ich rate dir, Hindu, laß sofort diese Possen, sonst muß ich dir die Knochen kaputtschlagen! Und mach die Arme runter! Ich mag sowas nicht!

PAPST Tut mir leid, geht nicht. Ich bin wie versteinert.

1. FRECHER Ist mir scheißegal. Hol sie runter, ich halt das nicht aus, hast du kapiert? Du machst mich rasend!

PROFESSOR Glaubt mir, er sagt die Wahrheit. Er ist regelrecht gelähmt durch einen sogenannten Kreuzblock mit Hexenschuß.

PAPST Ja, ich leide an einer Lumbago und ausgeflippten Ganglien.

2. FRECHER Selber ausgeflippt! Ich laß mich doch nicht verarschen!

1. FRECHER Genau! Runter mit den Armen, Schluß mit dem Hallelujah! Oder du hast eine Kugel im Schädel. *Er zieht eine große Pistole raus.* Ich schieß dir ins Maul! *Er steckt ihm den Lauf in den Mund.* Ich zähle bis drei ... Eins!

MAGIERIN Es stimmt aber! Er kann sich nicht rühren, schon seit Tagen!

2. FRECHER Auch du bist still. *Er zielt mit der Pistole auf die Magierin.* Wetten, gleich rührt er sich?

1. FRECHER Los, die Arme ... und zwei!

Die Anwesenden schreien unisono.

ASSISTENTIN Runter damit!

1. JUNGE Mach sie runter!

2. JUNGE Guru, hör auf uns!

3. MÄDCHEN Runter!

1. MÄDCHEN Arme runter!

2. MÄDCHEN Mach schon!

1. FRECHER Achtung, wenn der Schuß losgeht, dann hast du den Ärger, mußt ein faustgroßes Loch in deinem Schädel zustopfen, und weißt nicht womit! Zweieinhalb!

Allgemeiner Aufschrei.

CHOR Neieiein!
1. JUNGE Worauf wartest du noch!
2. JUNGE Hände runter!
1. MÄDCHEN Runter damit!
3. MÄDCHEN Oh Gott, runter!
2. MÄDCHEN und 3. MÄDCHEN Runter!
PAPST *stößt einen Schrei aus, nimmt plötzlich die Arme runter* Aooh! Sie sind unten!
JUNKIES IM CHOR Aah! Er hats geschafft!
PAPST Ja, ich habs geschafft.
MAGIERIN Bravo!
PROFESSOR Nicht zu fassen! Es hat funktioniert!
1. FRECHER Siehst du, du Betbruder, eine Knarre ist die beste Medizin!
PAPST Oho! *Er hebt, als schnappe eine Schnappfeder zu, mit einem Ruck die Arme hoch, und wieder runter.*
CHOR DER JUNKIES Oh, nein!
1. FRECHER Heh, du wiederholst dich!

Er zielt wieder auf den Papst. Plötzlich klappen die Arme wieder hoch; es gelingt ihm mit viel Mühe einen Arm zu senken, aber quasi zum Ausgleich streckt sich blitzschnell ein Bein aus. Er senkt den anderen Arm, das andere Bein schnellt weg, undsofort; er vollführt einen Tanz, wie eine durchgedrehte Marionette. Endlich stoppt er ganz plötzlich, alle Glieder sind an ihrem Platz, die Arme verschränkt, ein Bein über das andere gekreuzt.

PROFESSOR Wie fühlt Ihr Euch!

PAPST Danke, gut, wie nach einem Kosakentanz. *Er bewegt die Arme, läßt sie kreisen, beugt und streckt sie.*

MAGIERIN Eine etwas traumatische Therapie, aber sie scheint Wunder zu wirken.

1. FRECHER Hört auf zu labern. *Zur Magierin.* Du, beeil dich mal, wo bleibt die Ware?

MAGIERIN Was regt ihr euch so auf, wegen unsern lumpigen 50 Spritzen. Verglichen mit dem, was ihr pro Tag umsetzt, ist das ein Witz.

1. FRECHER Ein Witz? Es geht immerhin um 50 Straßenpacks, und das tagaus, tagein! Außerdem gehts ums Prinzip. Ihr gebt ein gefährliches Beispiel ab!

2. FRECHER Tatsache. Es rührt sich was, an allen möglichen Orten, um ähnliche Schuppen wie diesen hier aufzumachen. Und schon sind die Preise im Keller.

PAPST Na sowas. Das hätte ich nie vermutet.

1. FRECHER Deshalb muß all das im Keim erstickt werden, klar?

MAGIERIN Ganz klar. Wir gehen mit schlechtem Beispiel voran. Wir machen euch den Markt kaputt. *Zum Papst.* Verstanden?

Der 2. Freche schiebt einen Kleiderständer auf Rollen auf die Vorbühne, wie er in der Kostümwerkstatt benutzt wird. Daran diverse Gewänder, unter ihnen komplette Carabinieriuniformen, mit Paradehüten, dazu ein Sturzhelm.

2. FRECHER Hey, komm mal rüber!

1. FRECHER Was gibts?

2. FRECHER Guck dir das an! *Er nimmt zwei Carabinieriuniformen vom Kleiderständer.* Es gibt noch

mehr von der Sorte, samt Mütze und Schuhen. Was sagst du dazu?

1. FRECHER Aber hallo! Die unsern Laster gestoppt haben, die sahen doch wie Carabinieri aus. Wenn das kein Zufall ist! *Zu Papst und Professor.* Und ihr wißt natürlich von nichts!

PROFESSOR und PAPST } Von Carabinieris??

2. FRECHER Der stellt sich auch noch doof. Und ich Idiot war schon überzeugt...

Die beiden Gangster nehmen zwei Uniformen und gehen zu Papst und Professor.

1. FRECHER Moment... *Zum Papst.* Du, zieh mal die Jacke an.

PAPST Wozu denn?

1. FRECHER Tu, was ich sage, oder ich nagel dich fest! Mach schon!

Während der Papst die Uniformjacke anzieht, wird der Professor vom 2. Gangster gezwungen, die andere Jacke (Paradeuniform) überzuziehen. Dann werden den beiden die entsprechenden Hüte aufgesetzt.

1. FRECHER Die Jacke sitzt wie angegossen; das ist auch sein Hut.

MAGIERIN Was heißt das? Ich bitte um eine Erklärung.

1. FRECHER Siehst du, werte Wohltäterin, vor zirka einem Monat wollte ein Kurier aus Calabrien* gerade

* Anspielung auf organisiertes Verbrechen in Calabrien (la ndrangheta calabrese)

ein fünfzig Kilo schweres Pack Heroin aus einem Laster umladen …

2. FRECHER Verstanden? Ein ganzer Zentner lupenreines Pulver.

1. FRECHER Da tauchen plötzlich wie im Kino aus dem Nichts vier Carambas in Uniform auf, lauter Rambos, bis an die Zähne bewaffnet, und klemmen sich hopphopp das Paket!

MAGIERIN Wollt ihr sagen, zwei von denen, die euch ausgeraubt haben, sind die beiden? Samt Dreimaster und rotem Federbusch auf dem Kopf? Das sind doch eher die Gendarmen aus dem Bilderbuch von Pinocchio!

1. FRECHER Außerdem einer mit Motorrad, so ein Zufall, der hatte den gleichen Sturzhelm auf. *Er setzt den Sturzhelm auf.*

Der Papst, er schwenkt einen nassen Schwamm, putzt schnell das Visier des Sturzhelms.

PAPST Darf ich?

1. FRECHER Was, willst du meine Scheibe putzen?

PAPST Eine nationale Veranlagung.*

1. FRECHER *legt den Helm ab* Als wär er ein Pole! Um auf den Knackpunkt zu kommen: Das konnten doch genausogut Leute sein, die außerhalb unseres Clans operieren, oder? Irgendwelche Hundesöhne

* Anspielung auf die Nationalität von Johannes Paul II., seit 1978 der erste nichtitalienische Papst nach Hadrian VI. (1522—23), Bischof von Rom und Oberhaupt der katholischen Kirche. In Großstädten wie Rom putzen polnische Emigranten im Autostau und an Straßenkreuzungen bei Rot gegen ein Trinkgeld die Fensterscheibe.

wie zum Beispiel dieser Säulenheilige mit seiner Bande. Überhaupt, je länger ich mir diesen Kerl ansehe, um so bekannter kommt er mir vor. Woher kenne dich dich? Ja, du gehörst zu der Bande, da bin ich ganz sicher – das beweisen wir dir!

2. FRECHER Ja. Bis jetzt habt ihr uns ein X für ein U vorgemacht. Ab sofort wird Tacheles geredet. Auf, die Ärmel hochkrempeln. *Zur Magierin.* Hilf ihm. *Zu einem Mädchen.* Du da, zieh ihm die Schuhe aus.

PAPST Was habt ihr vor?

1. FRECHER Nachgucken, ob du dir etwa die Füße nadelst. Du, hol mal eine Schüssel. Wasch ihm die Füße. Ich seh nach, wenn sie sauber sind. *Das 2. Mädchen macht es.*

MAGIERIN Nein, ich sag euch, der fixt bestimmt nicht!

1. FRECHER Und ich bin der Osterhase! *Zur Magierin.* Heh, wie weit ist die Fußwaschung, Magdalena?

2. FRECHER *untersucht die Füße des Papstes* Nee, nix zu sehen.

1. FRECHER Der ist unbefleckt als wär er der Heilige Geist. Oh, hat der weiße Füße! Wohl ein Intellektueller!

2. FRECHER Jaja, so könnte es gehen.

MAGIERIN Worum gehts? Was habt ihr vor?

1. FRECHER *hantiert mit einer Spritze* Ihr müßt ihn höher setzen, auf das Gestell da. Glaub mir, das wird ein Heidenspaß! Wenn wir dem die Birne zuknallen ...

PROFESSOR Mit Heroin?

PAPST Heroin?

1. FRECHER Ja, gemischt mit Pentatol. Du wirst sehen, er sprudelt förmlich über beim Reden, besser als jeder Discjockey.

PROFESSOR Ihr könnt doch nicht ... das ist lebensgefährlich!

PAPST Lebensgefährlich, die Birne voll Pentatol!

1. FRECHER *zum Professor* Du hast recht. Bist du nicht Professor? Dann wirst du ihm den Druck setzen. Mal sehn, wie du dich anstellst. *Er reicht ihm die Spritze.*

2. FRECHER *zielt auf den Professor* Wirds bald!

PAPST Ich bin dagegen! Wehe mich nadelt einer!

MAGIERIN Ihr Scheißkerle, wie könnt ihr ...

Der 1. Freche verpaßt ihr eine gewaltige Maulschelle.

PROFESSOR Tut mir leid, aber ich muß.

PAPST Und was wird mit mir?

1. FRECHER Oh, dir wird es großartig gehen, Heiliger, du wirst große Lust zu reden verspüren, du fängst an, uns dein ganzes Leben zu erzählen, von A bis Z, wie du ein Kind warst, und was du mal werden wolltest ... und vor allem die Geschichte vom Kilopack.

PAPST Nein! Nichts werde ich erzählen, und wenn ihr mich umbringt! *Er versucht loszukommen.*

1. JUNGE Machts mit mir, und ich packe aus!

MAGIERIN Hau ab, du Vielfraß!

PAPST *windet sich* Und wenn ihr mich umbringt, ich laß mich nicht anfixen!

1. FRECHER Hah, unser Guru bleibt stur! Meinetwegen, dann fangen wir andersrum an und legen den ersten Junkie um. Wetten, das macht ihn weich, und er fängt an zu reden, auch ohne Spritze?

MAGIERIN *zum Papst* Ich fürchte, die machen Ernst.
PROFESSOR Ihr solltet einwilligen. Es gibt Schlimmeres ...
PAPST Aber es ist lebensgefährlich!
1. FRECHER O.k., du kommst als erster dran. *Er packt einen Jungen.* Alle andern in die Knie, bis ihr an der Reihe seid. *Schreit.* Hinknien!

Die Drogenabhängigen knien hin.

PAPST Also gut, gebt mir die Spritze, ich bin bereit. Das Ozonloch schließt sich wieder – und zum Ausgleich werde ich perforiert!
1. FRECHER Na endlich! *Zum Professor.* Los, setz ihm einen Druck. *Der Professor gibt ihm, assistiert von der Magierin, die Spritze.* Wehe, es macht einer Krach oder gibt Kommentare ab. Ab jetzt herrscht Ruhe im Saal, sonst springt uns der Guru gleich aus dem Gleis und dreht uns endgültig durch. Keiner spricht außer mir, verstanden?
PAPST *spricht mit Mühe* Der heilige Paulus erblickte ein Licht das Schrecken einflößte. Er ritt auf dem Pferd, da fiel er vom Pferd. Was für ein Schlag, sprach der heilige Paulus und dann, wo sind wir. In Korinth. Na. Ja. Solange wir in Korinth sind werde ich einen Brief an die Korinther schreiben ...
PROFESSOR Er scheint sich ganz langsam zu erholen. Ich rate dringend, beginnt mit ganz allgemeinen Fragen, holt weit aus.
1. FRECHER Versteht sich. Sag mal Guru, heh, gib mir ein Zeichen, Hindu. *Der Papst deutet eine Bewegung mit dem Kopf an.* Hörst du? Also antworte mir: Wie heißt du?

PAPST Hab ich vergessen. Anfangs hatte ich einen Namen, aber den hat man mir weggenommen und einen andern gegeben, mit einer Zahl am Ende...

1. FRECHER Guru, ist das dein Name oder dein Spitzname?

PAPST Guru? Das ist der Name.

1. FRECHER Und ein Vorname?

PAPST Heiligkeit. Heiligkeit Guru... Eure.

1. FRECHER Eure Guru Heiligkeit? Wessen denn?

PAPST Weiß nicht.

1. FRECHER Und deine Kumpel nennen dich Hindu?

PAPST Nein, Hindu nicht! Nicht Hindu! Ich heiß nicht Hindu! Ich hab nichts gegen Hindus, aber ich mag es nicht wenn man zu mir Hindu sagt.

1. FRECHER Schon gut, also nix Hindu. Nur Eure Guru Heiligkeit. Du kennst dich aus mit Drogen, hab ich recht?

PAPST *hat noch Schwierigkeiten mit dem Sprechen, wird jedoch langsam schneller* Mit Drogen, das heißt Heroin?

1. FRECHER Ja. Erzähl uns alles, was du weißt.

PAPST Ja, ich weiß. Ich b-bin vor-be-rei-tet. Heroine im Volksmund auch Anita genannt...

1. FRECHER Anita?

PAPST Mit Anita ist hier Anita Garibaldi gemeint, vom Heros zweier Welten geliebt, folglich ihrerseits Heroine.

1. FRECHER *lacht* Was sagt man dazu? Weiter.

PAPST Heroin oder Anita, anfangs liegt der Preis bei zwei Dollar pro Gramm. Im europäischen Bestimmungsland wo es als Rohware ankommt steigt der Preis nach der Veredelung auf 50 Dollar, während der Kilopreis nach dem Verschnitt tausendfach...

2. FRECHER Wissen wir doch, ein Kilo bringt zwanzig Mille ein, folglich war der Zentner, den du uns geklaut hast, eine halbe Million wert.

PROFESSOR Bitteschön, nicht unterbrechen, sonst verliert er den Faden.

1. FRECHER Genau. *Zum 2. Frechen.* Ich stelle hier die Fragen. Du hältst die Klappe.

PAPST Problem: 100 Gramm Rohheroin kosten anfangs 50 Dollar wieviel kostet ein Kilogramm Fertigware wenn sein Wert nach der Veredelung tausendmal so hoch ist. Bitte löst das Problem ... zu Hause.

1. FRECHER Gut, wir lösen es zuhause. Du sagtest: Nach dem Verschnitt pro Gramm 50 Dollar ...

PAPST Ja: Ein lohnendes Geschäft. Wirft hohe Gewinne ab. Großer Markt. Die Schweizer Banken spielen als Geldwaschanlage ...

2. FRECHER Hast du gehört? Der Guru kennt sich aus!

1. FRECHER Ruhe!

PAPST Die auf dem Drogenmarkt erzielten Gewinne werden investiert in ...

2. FRECHER *sauer* Jetzt reichts mir, der hält uns einen Vortrag. Frag mal lieber, für wen er arbeitet.

PAPST ... der Bauwirtschaft mit Gewinnspannen von ...

1. FRECHER Mach mal Pause. Für wen arbeitest du?

PAPST Für den Vatikan.

1. FRECHER Für wen? Für den Vatikan?

2. FRECHER Wir lassen uns nicht verarschen!

1. FRECHER Oh, das ist nicht so absurd wie du glaubst. Sagt dir das Stichwort Sindonaskandal was? Denk an Sindona, an seine Machenschaften mit

Marcinkus, und Ambrosoli, den Konkursverwalter, den sie auf offener Straße umgelegt haben!*

PAPST Marcinkus, Sindona, Calvi. Sindona war eng mit Calvi befreundet. Dieser Calvi fuhr häufig nach London, und machte dort zum Zeitvertreib an der »Brücke der Schwarzen Brüder« Gleichgewichtsübungen. Um ein perfektes Gleichgewicht zu erreichen, trug er in seiner linken Jackentasche stets zwei Backsteine bei sich; in der rechten hielt er eine schwere Aktenmappe mit brisanten Dokumenten. Und weil er nicht in den trüben Wassern der Themse landen und naß werden wollte, band er sich zur Vorsicht ein Seil um den Hals. Aber ach, er rutschte aus und erhängte sich... In seiner Jacke fand man die Backsteine. Die Aktenmappe jedoch blieb spurlos verschwunden. Problem: Wo ist die

* Sindona, Calvi, Marcinkus. Der Mafiafinanzier Michele Sindona baute in den siebziger Jahren ein internationales Geflecht von Banken und Briefkasten-Finanzierungsgesellschaften auf, die als Geldwaschanlage und zur Kapitalflucht (auch von Vermögen der katholischen Kirche) ins Ausland dienten. Dabei kamen ihm enge Beziehungen zu Wirtschaft und Parteien, insbesondere zur DC zu Gute. Giulio Andreotti bezeichnete ihn bei einer Rede als »Retter der Lira«. Im Zusammenhang mit dem Sindona-Bankenkrach 1974 wurde auch gegen drei Bankiers der Vatikanbank IOR ermittelt, freilich hob das Berufungsgericht die Haftbefehle wegen »betrügerischen Bankrotts« aufgrund ihrer »santa immunità« wieder auf. Einer von ihnen war Paul Marcinkus, amerikanischer Bischof und Präsident der IOR. Die Aufdeckung aller Unregelmäßigkeiten, Verflechtungen und politischer Verbindungen Sindonas, Marcinkus und Calvis scheiterte vor allem an der Ermordung von Mitwissern und Ermittlungsrichtern. Michele Sindona wurde 1986 zu lebenslänglicher Haft verurteilt und starb zwei Tage nach Urteilsverkündung im Mailänder Terroristenknast »Voghera« beim Frühstück an einem vergifteten Espresso.

Tasche von Calvi gelandet? Bitte, löst das Problem ...

1. FRECHER Zuhause.

PAPST Bei Gelli.*

FRECHER Heh Guru, wer hat diesen Schwachsinn mit der Gratisabgabe von Heroin organisiert?

PAPST Der Vatikan ...

1. FRECHER Und wer hat diesen Scheißcoup auf den Lieferwagen organisiert?

PAPST Der Vatikan.

2. FRECHER Gib ihm noch was! Ich hab den Verdacht, seine Platte ist stehengeblieben!

PAPST Der Vatikan.

1. FRECHER *zum Professor* Versuchs und pump ihm noch eine rein. Womöglich ist sein Benzin alle.

PROFESSOR Das ist zu gefährlich! Er hat schon eine volle Dosis gekriegt. Am Ende wird er noch ganz verstummen.

1. FRECHER Vollpumpen, sage ich!

Die Magierin macht es.

* Licio Gelli, Chef der Geheimloge »Propaganda 2«. Die Mailänder Ermittlungsbehörde stieß während der Ermittlungen im Sindona-Skandal zufällig auf Gelli. Bei einer Hausdurchsuchung in seiner Villa fand die Polizei eine Liste mit 953 Mitgliedern des Clubs, darunter Bankdirektoren, Universitätsprofessoren, Militärs und Politiker. In der Folge stürzte 1981 die Regierung Forlani. Die parlamentarische Untersuchungskommission unter Leitung von Tina Anselmi (DC) »kam zu dem Schluß, es sei nicht das Ziel der Loge gewesen, selbst an die Macht zu kommen, sondern die Regierung zu kontrollieren und aus dem Hintergrund zu steuern«. (zit. nach »Kleine Geschichte Italiens«, Hausmann, Berlin 1989)

PAPST *redet im Tonfall eines Nachrichtensprechers* Als Verantwortlicher für den CIA hat Norton Cate erklärt, es sei völlig ausgeschlossen, die Organisation der Drogenschieber und der Internationalen Mafia mit militärischen Mitteln zu schlagen.

1. FRECHER Siehst du, jetzt läuft er wie ein D-Zug!

PAPST Die einzige Möglichkeit, den Rauschgiftmarkt zu zerschlagen, wird in einer Freigabe des Marktes unter staatlicher Kontrolle gesehen.

2. FRECHER In was für eine Scheißrichtung steuert er jetzt!

PAPST Auch Bush hat bei seiner letzten Erklärung an die Bevölkerung der USA eingestanden, daß die repressive Gesetzgebung eine Ausweitung des Drogenmarktes und eine Zunahme der Todesfälle zur Folge hat.

2. FRECHER Heh, brems mal! Dem ist die Zündung durchgebrannt!

1. FRECHER Ruhe! Heiliger, hörst du mich? Hallo, bist du auf Linie?

PAPST Ja, ich höre, hier Heiliger am Apparat... hallo... hallo... falls Sie das Gespräch fortführen wollen, bitte zwei Münzen nachwerfen, danke.

1. FRECHER Ja, hör zu. Wer organisiert diesen Blödsinn mit der kostenlosen Abgabe? Wer hat sich das ausgedacht? Sag ja nicht, der Vatikan. Nenn mir die Namen.

PAPST Es ist eine Utopie, eine verrückte Idee...

1. FRECHER Mag sein. Ich will Namen hören!

PAPST Nur für den Fall, daß er sich selbst dahinterstellt, gibt es eine Sensation.

1. FRECHER Weil er ein großes Tier ist, was? Wer ist es?

PAPST Der Papst.

1. FRECHER Welcher Papst?

PAPST Dieser. *Er zeigt auf sich.* Der anwesende.

1. FRECHER Der gegenwärtige?

PAPST Ja, ich bin gegenwärtig. Ein Wunder ist geschehen. Ich war blind. Mit einem Mal sind mir die Augen aufgegangen und plötzlich hab ich alles begriffen.

1. FRECHER Spinn ich oder redet der, als sei er der Papst?

PROFESSOR Ganz richtig. Ein klassischer Fall von Persönlichkeitsspaltung.

MAGIERIN Er scheint sich mit dem Papst zu identifizieren.

2. FRECHER Um Gotteswillen!

PAPST Nein, es ist nicht Gottes wegen, diesmal hat er nichts damit zu tun. Oder doch, vielleicht hat er uns erleuchtet. Meine Ganglien waren blockiert, weil mein Herz versteinert war... die wahre Lähmung saß im Gehirn. Nichts bewegte sich mehr, denn mein Geist war nicht entflammt!

1. FRECHER Oh Gott, er ist bei der Pfingstpredigt!

2. FRECHER Zum Kotzen, er ist total daneben!

1. FRECHER Den kann keiner mehr bremsen! Professor, entweder du schaltest ihn ab, egal wie, oder ich erledige das, auf meine Methode. *Er zeigt die Pistole.*

PROFESSOR Wie soll ich das schaffen?

MAGIERIN Ich mach das schon. *Sie hockt sich vor den Papst.* Ich versuche mich auf ihn einzustellen. Man muß ihm zuhören. Wenn er den Papst spielt, hilft nur eins: So mit ihm reden, als sei er der Papst. *Sie wechselt den Tonfall, ergreift seine Hände.* Heiligkeit, könnt Ihr mich hören?

PAPST Ah, Wer ruft mich?

MAGIERIN Ich bins, die Missionsschwester aus Burundi, wißt Ihr noch?

PAPST Oh ja... als all die Kinder, hunderttausend auf dem Platz, sind sie weg? Nein, da sind sie! So viele Kinder! Sie klettern hoch! Wir müssen sie hinunterwerfen!

MAGIERIN Ja, wir werfen sie runter! Und die Luftballons, wie die Bohnen!

2. FRECHER Sind wir hier im Irrenhaus?

PAPST Alle zerquetscht! Aber eins hat sich gerettet...

MAGIERIN Ja, in einem Fingerhut. Der Piepmatz.

PAPST Oh, der Piepmatz ist so grün wie...

MAGIERIN Ende!

PAPST Wie schade, ich kann es auswendig.

MAGIERIN Später. Jetzt möchten die Herrschaften hier, die ziemlich nervös sind, von Euch die Wahrheit über den Coup mit dem Superpack hören.

PAPST Das mit dem calabresischen Laster? Und den Gendarmen von Pinocchio?

MAGIERIN Sehr gut. Erzählt die Geschichte von Anfang an.

PAPST *erzählt in getragenem Rhythmus* Gern, also, im Polizeipräsidium saß einmal eine Grille, die sprechen konnte... ein Maulwurf, in Wirklichkeit eine sprechende Maulwurfsgrille...

1. FRECHER Wer war der Maulwurf, wer die Grille? Name und Vorname.

PAPST Ich erzähle... ich packe aus.

Mit viel Getöse öffnet sich hinten die Eingangstür. Die zwei Gangster drehen sich blitzartig um und zielen. Der Säufer ist gekommen.

SÄUFER Alles in Ordnung! Macht keine Umstände, Freunde! Ich geb eine Runde aus!
2. FRECHER Ich könnte dich umbringen, du Suffkopp! Wohin willst du!

Der Säufer verliert sich in den Ecken des Kellergewölbes. Die Gangster folgen ihm. Dies nutzt der Professor, um Elisa zuzuflüstern:

PROFESSOR Sie haben ihn hypnotisiert, stimmts? Und bringen ihn dazu, zu erzählen, was Sie wollen?
MAGIERIN Die Mischung aus Pentatol und Heroin wirkt, er läßt sich gut leiten.
PROFESSOR Was ist dran an der Geschichte mit den Carabinieri und dem Drogencoup?
MAGIERIN Sie sind ausgeplündert worden. Freunde von uns haben das organisiert.
PROFESSOR Dann stammt Eure Tagesration also aus dieser Quelle?
MAGIERIN Wir haben einige Selbsthilfezentren in der Stadt eröffnet, das ruiniert mit der Zeit ihren Markt. Still, sie kommen.

Der Säufer kommt, gefolgt von den Gangstern.

SÄUFER Da bin ich wieder.
1. FRECHER Du bleibst hier stehen und nerv nicht! Macht weiter.

Der Papst redet nach einer Geste der Magierin in normaler Geschwindigkeit weiter.

PAPST Dank des Maulwurfs waren wir informiert über Standort und Fahrtroute des Lieferwagens, uns waren Tag und Uhrzeit der Umladeaktion bekannt.

1. FRECHER Du bist hervorragend, Guru. Weiter so.

PAPST *ändert plötzlich den Tonfall und verlangsamt die Sprechweise wie eine Platte, die langsam stehen bleibt* Ahahah! An den Hängen der Adria muß mit Sichtbehinderungen gerechnet werden. Durch die Killeralgen werden die Fische erstickt. Die Bischöfe haben einen Hirtenbrief angekündigt.

2. FRECHER Du meine Güte! Was bedeutet das!

MAGIERIN Er hat sich im Kanal geirrt. *Vorwurfsvoll.* Das kommt von euern Kommentaren! Seid endlich still!

1. FRECHER Umschalten, mach sofort daß er umschaltet!

MAGIERIN Immer langsam, er ist kein TV superlight, sondern ein altes Modell.

PAPST Mit Intima von Carinzia, der Binde mit doppelter Saugfähigkeit für die moderne Frau. *Wechselt Rhythmus und Stimme.* Haah! Stets frischen Atem mit Resolax – auch unter den Achseln. *Tonwechsel.* Im Prozeß gegen die FIAT-Werke wegen Unfällen am Arbeitsplatz hat der Richter am Arbeitsgericht in Turin den Angeklagten Romiti vom Schuldvorwurf freigesprochen. Im Urteil heißt es, die Schuld liege ausschließlich auf Seiten der Arbeiter, die seit Jahren ihre oberen und unteren Gliedmaßen in die Maschinen hineinstecken, wodurch der Produktion schwere Schäden zugefügt werden.

SÄUFER Aufhören mit dem Scheißprogramm! Laßt uns einen heben, das macht den Kopf frei! Ihr seid meine Gäste! *Er mimt, die Gläser zu verteilen.* Auf Euer Wohl!

1. FRECHER Ich bring dich um, du Suffkopp!

SÄUFER Und du bringst mich nicht um, alter Angeber!

1. FRECHER Noch ein Wort, und ich blas dir das Gehirn aus.

SÄUFER Bist du sicher?

1. FRECHER Darauf kannst du Gift nehmen! *Er zieht die Pistole.*

SÄUFER Gut. Wer von uns beiden ist schneller – wer zuerst schießt! *Er spielt die klassische Pantomime vom Pistolero. Er dreht sich schlagartig um, zieht die imaginäre Pistole aus der imaginären Pistolentasche, streckt den Arm und zielt mit dem Zeigefinger. Dann steckt er die Pistole zurück.* Heh Großmaul, ich bin soweit. Bist du fertig?

1. FRECHER *aufgebracht* Jetzt mach ich dich endgültig kalt!

CHOR Neieiein!

MAGIERIN Laß ihn, er ist besoffen!

PROFESSOR Was habt ihr davon, wenn ihr ihn umbringt?

Der 1. Freche zieht die Pistole. Der Säufer streckt plötzlich den Arm und zielt mit dem Finger. Ein Schuß fällt. Der Gangster hebt eine Hand an die Stirn; von seiner Stirn tropft Blut. Er nimmt die Hand weg, ein Loch wird sichtbar.

1. FRECHER Oh nein! *Er bricht zusammen.*

2. FRECHER Und wer hat geschossen?

SÄUFER Ich, wer denn sonst?

2. FRECHER Mit dem Finger?

SÄUFER Natürlich. Der Finger schießt nie daneben. In Wirklichkeit dient er nur zum zielen. Die Pistole, die steckt hier im Ärmel. *Er zieht den Ärmel hoch, entblößt den Arm. Am Arm ist eine Art Schiene befestigt, die am Vorderarm beweglich ist.* Siehst du, hier hab ich die Pistole versteckt, ohne Griff, der ist überflüssig. Die Pistole gleitet auf dieser Schiene. Meine Erfindung! Da, sowie ich den Arm strecke, fährt sie ab und... Peng! *Wieder ist ein Schuß zu hören.*

2. FRECHER *führt die Hand zum Bauch* Diese Drecksau von einem Säufer! *Er bricht zusammen.*

PAPST Ende der Übertragung. Wie in den Psalmen geschrieben steht: »Gesegnet sei, wer zuerst schießt. Der wird als Letzter ins Himmelreich kommen«

Dunkel. Musik. Szenenwechsel. Der große A-fresco-Vorhang im Korridor vor den Gemächern des Pontifex wird runtergelassen. Der Kardinal-Privatsekretär kommt, Zeitungen in der Hand. Ihm folgen zwei Priester, die ab und zu an kleinen Transistorradios horchen.

1. KARDINAL Es war einfach grauenhaft! Wenn ihr das gesehen hättet! Die Leute waren außer sich!

1. PRIESTER Und wie hat er angefangen?

1. KARDINAL Einfach so. Er ist auf den Balkon getreten, hat seine nackten Arme gezeigt und gesagt: »Seht her! Auch ich habe gefixt!«

1. PRIESTER Nicht zu fassen! Und wie hat die Menge darauf reagiert?

1. KARDINAL Einige sind in Ohnmacht gefallen, viele haben geweint oder geflucht. Die meisten haben überhaupt nichts kapiert.

1. PRIESTER Zugegeben, das ist eine Provokation, doch sie könnte sich am Ende positiv auswirken.

1. KARDINAL Wieso denn positiv! Da sagt ein Papst, man dürfe die Drogenabhängigen nicht verteufeln,

und nicht nur das: Man müsse ihnen Verständnis entgegenbringen und sie als Kinder lieben, die unseren Herzen am nächsten stehen. Was für ein Skandal! In der Tat, die Hölle ist los! Wir haben deswegen tausende von Journalisten auf dem Hals, eine regelrecht Invasion, plus Unmengen von Kameraleuten von sämtlichen Fernsehstationen. Sogar die Japaner sind da!

2. PRIESTER *nimmt einen Moment das Radio vom Ohr* Die Regierung ist zurückgetreten!

1. KARDINAL Das war bereits heute vormittag bekannt.

2. PRIESTER Nein, ich meine die Regierung der Vereinigten Staaten ... *Er hält das Radio ans Ohr und wieder weg.* Die deutsche ebenfalls.

1. KARDINAL Eijeijei, das hat es noch nie gegeben.

1. PRIESTER *hört Radio* Die Democrazia Cristiana hat sich gespalten ... auch die deutschen Christdemokraten sind in eine schwere Krise geraten ... das OPUS DEI hat sich aufgelöst!

1. KARDINAL Was hab ich gesagt! Und da redet Ihr von einer positiven Provokation!

Der Professor kommt.

PROFESSOR Da bin ich, wo brennts?

1. KARDINAL Na endlich!

PROFESSOR Ich hab mein Möglichstes getan, schneller ging es nicht. Warum eilt es so, was ist denn passiert?

1. KARDINAL Sagt bloß, Ihr habt keine Ahnung?

PROFESSOR Eminenz, ist stehe seit dem Morgengrauen im Operationssaal. Weil Ihr mich derart gedrängt habt, mußte ich ein Gehirn offen liegen lassen!

Die Magierin kommt, außer Atem. Sie ist als Nonne verkleidet, trägt jedoch auffällige hochhackige rote Sandaletten. Sie hat zwei geräumige Taschen dabei.

MAGIERIN Was ist denn geschehen?

1. KARDINAL Oh, zu guter Letzt auch noch Ihr.

MAGIERIN Ich bin vielleicht gerannt wegen Euch, ich krieg kaum noch Luft! Das blöde Nonnenkostüm war nicht zu finden. Nie werd ich rechtzeitig mit dem Umziehen fertig! Mitten auf dem Petersplatz merke ich dann, ich habe die falschen Schuhe an. Das sind meine Schuhe für Samstagabend, wenn ich tanzen geh. Also lief ich so über den Platz – *geht in die Knie, bis das Nonnenkleid die Schuhe verdeckt* – und alle sagten: Sieh mal, eine Zwergnonne mit roten Schuhen! *Zu den Geistlichen.* Könnt ihr mir einen Hocker besorgen? Ich bin völlig erschöpft. *Ein Priester geht und kommt mit einem Hocker zurück.* Ich versteh das nicht. Jedes Mal, wenn ich in den Vatikan komme, geht es hier zu wie im Bordell ... ich meine, wie im Freudenhaus ... *unterbricht sich* ... ist die Hölle los. *Unterbricht sich.* Also ein Durcheinander herrscht hier!

1. KARDINAL Ihr sagt es selbst. Jedesmal, wenn Ihr kommt, passiert eine Katastrophe.

MAGIERIN Ich?!

1. KARDINAL Wer hat den Heiligen Vater hörig gemacht, ihn umgarnt und zu diesem Irrsinn ermuntert, daß man ihn glatt für verrückt halten kann?

MAGIERIN Achtung, gleich wird man mich aufspießen, die Reisigbündel aufschichten und mich als Hexe verbrennen!

1. KARDINAL Hexe! Ein treffender Ausdruck! Ihr seid eine Hexe!

PROFESSOR Bitte, Eminenz, mäßigt Euch!

1. KARDINAL *greift den Professor an* Ihr? Ihr habt der doch die Stange gehalten! *Zur Magierin.* Habt die Freundlichkeit und verwandelt ihn wieder zurück.

MAGIERIN Zurück in den früheren Zustand, also völlig versteinert, mit Alpträumen von Kindern, die den Petersdom mit Luftballons hochsteigen?

1. KARDINAL Meinetwegen soll er wieder einrosten wie vorher, oder noch schlimmer, und unter Alpträumen leiden wie der Heilige Antonius in der Wüste! Das ist immer noch besser, als zuhören und zusehen zu müssen, wie er jetzt phantasiert als hätt er die Paranoia!

MAGIERIN Hört, wie er über seinen Papst redet!

1. PRIESTER Ja, bitte um Vergebung, Eminenz, aber ich glaube, dieser Wahnsinn, von dem der Heilige Vater scheinbar befallen ist, könnte in Wahrheit ein Zeichen Gottes ein, und eher...

1. KARDINAL Halt den Mund! Jesuit!

PROFESSOR Darf man erfahren, welch entsetzliche Katastrophe der Heilige Vater verschuldet haben soll?

1. KARDINAL Eine Enzyklika!

PROFESSOR Eine Enzyklika? Was könnte an einer Enzyklika so verrückt oder obszön sein?!

1. KARDINAL Die hier ist von A bis Z verrückt und obszön! Angefangen beim Titel: »Eroinum et omnia medicamenta stupefactiva...«

PROFESSOR Eroinum et omnia medicamenta stupefactiva?

1. KARDINAL »Et potionem psicotropicae libera sunto.«

PROFESSOR Libera sunto?! Ein beweiskräftiger Akkusativ! So fängt die Enzyklika an?

1. KARDINAL Da! Lest doch selber! *Er gibt ihm die Zeitung.*

PROFESSOR Leider bin ich in der Klinik so eilig aufgebrochen, daß ich meine Brille vergessen habe.

MAGIERIN Vermutlich haben Sie sie in einem offenen Gehirn liegen lassen. Macht nichts, ich lese Ihnen vor. »Eroinum et omnia medicamenta etc. Der Papst ruft zu einer weltweiten Kampagne auf und appelliert an alle Regierungen, Drogen zum Niedrigpreis abzugeben.«

PROFESSOR Zur Freigabe von Drogen? Das sind Ihre Worte!

1. KARDINAL Exakt! Diese kriminelle Idee haben Sie ihm eingetrichtert! Folglich ist es Ihre Aufgabe, ihn wieder zu Verstand zu bringen! Klar?

MAGIERIN Darf ich fortfahren, Eminenz? »Der Papst hat eine Einladung der Bischöfe von Sizilien erhalten. Er exkommuniziert alle Drogenhändler, insbesondere Mafiosi, sowie alle, die deren kriminelle Handlungen unterstützen oder decken. Drei Minister sowie acht Staatssektretäre der gegenwärtigen Regierung erklärten unmittelbar danach ihren Übertritt zum Islam. Die Kirche ist aus den Fugen, eine Schisma unvermeidlich. Unter den Bischöfen ist eine wahre Revolte ausgebrochen. Der Klerus der Niederlande und Brasiliens hält zum Papst. Für heute ist ein vatikanisches Konzil anberaumt worden. Der konservative Flügel des amerikanischen und europäischen Klerus ist entschlossen, einen Gegenpapst zu wählen. Der hohe französische Klerus tendiert zu Lefèvre, während die italienischen Bischöfe Donat-Cattin vorschlagen.*

* Donat-Cattin, christdemokratischer Politiker.

PROFESSOR Unfaßbar!

1. KARDINAL Wartet, das ist noch nicht alles!

1. PRIESTER *horcht am Radio* Hörst du, was er gerade sagt?

2. PRIESTER *horcht ebenfalls* Auf welcher Frequenz bist du?

1. KARDINAL Das ist noch nicht alles! Im zweiten Kapitel handelt die Enzyklika von der gewollten Befruchtung und den nicht erwünschten Kindern, das heißt von der Empfängnisverhütung.

MAGIERIN Hier trägt der Papst aber sehr dick auf, finde ich, wenn er tönt: »Das Präservativ ist beileibe nicht der Regenmantel des Satans! So wenig, wie die Spirale die schwindelerregende Achterbahn des Bösen ist und dazu erfunden, die von den Eizellen besessenen Spermatozoen besoffen zu machen!«

Die beiden Geistlichen gehen ab.

PROFESSOR Ich muß schon sagen, Eminenz, dies ist der erste geistreiche Papst der Geschichte!

1. KARDINAL Schon möglich. Die Bewegung »Comunione e Liberazone« hat daraufhin beschlossen, in all ihren Gebäuden – eingeschlossen die Katholische Hochschule – das Bildnis des Heiligen Vaters abzuhängen und es durch ein Foto von Bush und Gorbatschow, die sich umarmen, zu ersetzen.*

* Eine typische, kaum übersetzbare Spitze (battuta) im Text. In der Fassung vom Oktober 89 heißt es an dieser Stelle: »durch ein Bild von Andreotti und Craxi ersetzt, die Händchen halten«; in der Textfassung vom 25. März 1990, die dieser Übersetzung zugrundeliegt: »und sie durch Spadolini ersetzt, der den Minister Ruberto im Arm hält und stillt!«

Man hört das Funkgerät piepen, der Kardinal antwortet. Alles klar. *Er verstaut den Apparat.* Man kündigt mir das Kommen des Heiligen Vaters an.

Die 1. Nonne kommt, ihr folgen zwei Schweizer Gardisten, mit dem Hauptmann der Schweizer Garde.

1. NONNE Der Heilige Vater!

Alle treten beiseite. Der Hauptmann sieht sich mißtrauisch um.

HAUPTMANN *zeigt auf die Anwesenden* Durchsuchen!

Die Wache beginnt, Kardinal, Professor und Magierin abzutasten.

1. KARDINAL Halt, was fällt euch ein! Ich bin der Privatsekretär!
HAUPTMANN Bedaure. Auf höchsten Befehl.
1. KARDINAL Höher? Als wer?

Der Papst kommt, er wird von einem kleinen Mönch begleitet.

PAPST *zum Gardehauptmann* Ach was, die doch nicht, laßt das. Für die verbürge ich mich. *Zu Professor und Magierin.* Wie gehts, liebe Freunde? *Er zeigt auf den Hauptmann.* Ihr müßt ihn verstehen. Vor einer Sekunde hat jemand auf mich geschossen. *Reaktion der Anwesenden.* Eine Kugel durchschlug das Fenster. Boing! Der Schuß ging um Haaresbreite am Kopf vorbei. *Erneute Reaktion.*

1. KARDINAL Da habt Ihr die Antwort auf die Exkommunizierung aller Mafiosi!

PAPST Ihr seid der Ansicht... *Er geht im Raum umher, dicht gefolgt von dem Mönch und den Männern der Schweizer Garde.*

MAGIERIN Glaub ich nicht. Die Mafia pfeift doch drauf, wenn Ihr sie exkommuniziert. Die sind autonom! Sie haben ihre eigenen Wickelkinder, ihre geheiligten Mütter und ihre allerheiligsten Fürsprecher in der Regierung.

PAPST Ja, ich denke auch, diesmal hat die Mafia ihre Hand nicht im Spiel. Ich vermute eher, da stecken fanatische Dummköpfe dahinter. Wie pflegt doch ein Freund von mir zu sagen: »Verbrecher sind mir meist sympathischer als Dummköpfe. Denn Verbrecher machen mal Pause – Dummköpfe nie.«

PROFESSOR Da habt Ihr ein schönes Schlamassel angerichtet, Heiligkeit!

PAPST Das war auch meine Absicht! Gefällt Euch meine Enzyklika?

PROFESSOR Sehr couragiert!

MAGIERIN Ein Volltreffer, Heiliger Vater!

1. KARDINAL Ja, deshalb fliegen Euch demnächst die echten Volltreffer um die Ohren!

PAPST Ihr mit Eurem Katastrophengerede! Aber es geht noch weiter. Morgen stelle ich ein Kompendium zur Enzyklika vor – da werden alle an die Decke springen!

MAGIERIN Was, eine Enzyklika als Fortsetzungsserie?

PAPST Spottet nicht, die Sache ist ernst. Hört zu: »Die Kirche muß wieder arm werden, wie sie am Ursprung war, sie muß sich zu einer Armut in Würde bekennen.«

1. KARDINAL Eine Kirche der Miseria!

PAPST Das Vermögen der Kirche wird an die Ärmsten verteilt. Sämtliche Bankguthaben der Ordenskammern und Bistümer werden aufgelöst. Die katholischen Banken werden umstrukturiert und verkleinert, ein neues Statut verpflichtet sie zu maximaler Transparenz.

PROFESSOR Transparenz in einer Bank?!

1. KARDINAL Verzeiht, Heiliger Vater, aber das ist Selbstmord! Wir schreiben das Jahr 2000, und da kommt Ihr und wollt die Kirche nach Art fanatischer Waldenser und Wiedertäufer in mittelalterlichen Pauperismus zurückfallen lassen!

PAPST Habe ich recht gehört, Ihr sagtet »fanatisch«?

CHOR *sehr erstaunt* Der Papst ein Fanatiker?

MAGIERIN Macht Euch nichts draus, Heiligkeit, es kommt noch viel dicker. Ich wage zu sagen, ab sofort müßt Ihr sehr auf der Hut sein. Offenbar stehen hier die Leute schon Schlange, bei der Mafia angefangen, die Euch als Erste umbringen möchten.

PAPST Meint ihr, das hätte ich nicht gemerkt? Schon jetzt muß ich ständig mit Leibwächtern herumlaufen. Ihr könnt Euch nicht vorstellen, was für ein Quälgeist dieser Bruder hier ist. *Er zeigt auf den kleinen Mönch.* Der läßt mich nicht einen Moment aus den Augen! Was ich esse, er will es vorkosten, jedes Getränk, angefangen beim Kaffee. Will ich ein Täßchen Espresso schlürfen, dann kommt er und reißt es mir buchstäblich von den Lippen... und gießt es auf einen Schluck runter. Das nennt er kosten! Noch dazu ungesüßt, weil er den Espresso nur bitter mag, ohne ein Körnchen Zucker. *Er setzt sich, die Schultern zur Kulisse gewandt.* Nebenbei, wir rasieren uns auch gemeinsam mit dem gleichen Rasierapparat. Doch die einzige gemeinsame Aktion, die mich wirklich ärgert, ist das Mundwaschpflegecenter mit einer einzigen Zahnbürste! *Man hört einen gedämpften Schuß.* Was war das?

HAUPTMANN Der Knall kam aus Eurem Zimmer, Heiliger Vater! *Er läuft hinaus, von der Wache gefolgt.*

PAPST Was passiert da? *Er steht auf, läuft umher. Man sieht einen Pfeil zwischen seinen Schulterblättern stecken.*

PROFESSOR Was habt Ihr da?

PAPST Wo denn?

PROFESSOR Am Rücken. Zwischen den Schulterblättern steckt ein Pfeil!

PAPST Oh Schreck, hab ich gar nicht gemerkt. *Zum Mönchlein.* Ihr solltet meinen Rücken etwas besser bewachen! *Zu allen.* Zum Glück trage ich mein orthopädisches Korsett, das hat mich geschützt.

PROFESSOR So, ihr tragt das Korsett noch?

PAPST Anweisung von Euch. Zur Vorbeugung.

Die Magierin zieht ihm den Pfeil aus dem Rücken.

PROFESSOR Entschuldigt mich. *Er geht ab.*

PAPST Wer mag den Pfeil abgeschossen haben, und von wo aus?

MAGIERIN *mustert den Pfeil* Könnte ein Komantschenpfeil sein …

PAPST Komantschen?

MAGIERIN Die Komantschen aus Kalabrien!

Der Professor, die Wachen und der Hauptmann kommen, sie tragen eine Nonne, die im Sterben liegt.

HAUPTMANN Schwester, helft mir!

PAPST Was ist passiert?

HAUPTMANN Der Kanarienvogel im Käfig, er ist in dem Moment explodiert, als sie ihm sein Futter geben wollte!

PAPST Eine Kanarienbombe?

PROFESSOR Er ist durch einen mechanischen Kanarienvogel ersetzt worden, der mit Sprengstoff gefüllt war. Sowie ihn die Schwester mit der Hand streifte: WUMM! Das ist der Rest. *Zeigt ein paar Federn.*

PAPST Von der Schwester, ach nein, da ist sie. *Der Professor folgt den Wachen, die die leblose Nonne wegtragen.* Mein Kanarienvogel. Meistens hab ich ihm seine Hirse gegeben. Er pickte mir aus der Hand. Es ist ihm nie gelungen, ein Körnchen zu erwischen – da, so hat er mir die Hände zugerichtet!

1\. KARDINAL Aber bei der Kanarienvogelbombe habt Ihr allen Grund, Heiligkeit, ein Kreuz zu schlagen, und zwar mit beiden Händen!

PAPST Da habt Ihr recht.

Der Hauptmann rennt auf die Bühne, gefolgt von den Wachen, einigen Nonnen und dem Professor. Er horcht an einem Funkgerät.

HAUPTMANN Achtung, Heiligkeit, man informiert mich soeben, gleich wird aus den südwestlich gelegenen Korridoren ein kleines elektrisch angetriebenes Auto eintreffen – es ist ferngesteuert!

1\. KARDINAL Zieht Euch zurück, geht in Deckung – vielleicht ist das Spielzeugauto geladen!

PAPST Da ist Südwesten ...

Alle folgen ihm.

PROFESSOR Nein, Südwesten ist da.
PAPST Also ist dies unsere Fluchtrichtung.

Der große bemalte Vorhang wird hochgezogen. Die Bühne ist die gleiche wie im 1. Akt, also Innenansicht der Gemächer des Papstes. Die Zwischenwände sind entfernt worden, so daß man nur Pfeiler und Bögen sieht; sie bilden eine Folge von Säulenhallen. Nach oben, zum Himmel hin ist die Anlage offen. Ein Spielzeugauto fährt mit großer Geschwindigkeit im Zickzack über die Bühne. Alle rennen umher und versuchen, ihm auszuweichen.

PAPST Da kommt es! Ein Spielzeug aus dem Libanon!
MAGIERIN Auf was für Ideen die kommen! *Sie weicht springend aus.*
1. KARDINAL *hüpfend* Haltet es an, worauf wartet ihr!
PROFESSOR Eine Miniautobombe! Was ist bloß aus dem Vatikan geworden!
PAPST *hüpfend* Sind wir in Klein-Beirut? Die Walt-Disney-Libanon-Tour!
CHOR Achtung! Es explodiert!

Das Auto fährt weiter. Alle hüpfen und schlagen Volten. Sie tanzen einen seltsamen Tanz zum anfeuernden Rhythmus einer Toccata und Fuge nach Mozart. Ab und zu hält das Auto, die Musik hört auf, und alle stehen still. Sie beginnen wieder, wobei sie das Tempo und die Kurven des Autochens unterstreichen, aber ganz natürlich, nie übertrieben oder karikierend. Das Auto steht endgültig still. Es sendet einen verdäch-

tig zischenden Ton aus. Aus dem Armaturenbrett steigt Rauch. Alle müssen husten. Auch der Papst krümmt sich vor Hustenreiz.

PROFESSOR Nein, das ist Gas! Schafft dies stinkende kleine Auto weg!

Ein Schweizer Gardist bringt es fort.

PAPST *hustend* URRG! Ich ersticke!
1. WACHE Das müßt Ihr einatmen, Heiligkeit! Es ist reiner, würziger, komprimierter Ozon! *Er gibt ihm eine kleine Gasflasche mit Atemgerät und Mundstück.*
PAPST Besten Dank. *Er will das Gerät ansetzen, der kleine Mönch reißt es ihm aus der Hand.*
MÖNCH Nicht, Heiligkeit, ich muß erst kosten!
PAPST Oh, dieser Quälgeist!

Der Mönch setzt das Mundstück an und atmet tief ein.

PROFESSOR Wie schmeckt es?
MÖNCH Gut! Normaler, leicht süßlicher Bittermandelgeschmack, darunter noch Räucherheringaroma.
PROFESSOR Also wie Dioxin! Ja nicht einatmen!
MÖNCH Zu spät! *Er fällt zu Boden.*
MAGIERIN Du meine Güte, der ist mausetot.
PAPST Ein wahres Massaker. Mir wird schlecht.
MAGIERIN *nimmt die Gasflasche, liest vor* »Enthält reine, würzige Luft. Bitte tief einatmen. Exclusiv hergestellt für die Bewohner des Bormidatals. Befreit sofort von Husten – Sie hauchen den Geist

aus.« Wieder einmal hat die ACNA zugeschlagen!*

1. PRIESTER *horcht am Transistorradio* Sagenhaft! Die Königin der Niederlande schließt sich dem Appell des Papstes zur Drogenfreigabe an!

PAPST Endlich eine gute Nachricht!

1. KARDINAL Das darf nicht wahr sein!

1. PRIESTER *dreht auf volle Lautstärke, so daß alle zuhören können* Hört mal!

NACHRICHTENSPRECHER ... und gleichfalls die Regierungen von Dänemark, Irland und Schweden, dazu Belgien und Österreich, die den Antrag zur Abstimmung stellen ...

1. PRIESTER *am Fenster* Kommt Heiligkeit, das Schauspiel müßt Ihr Euch ansehen! Abertausende!

PAPST Tausende, wer, wo?

MAGIERIN Da unten, auf dem Petersplatz. Frauen und Männer, Seminaristen, Mönche und Laienschwestern, und Mitglieder der Katholischen Arbeiterjugend. Hört Ihr, sie rufen nach Euch!

PAPST Oh, das bedeutet, ich bin gar nicht so isoliert, wie mir das manch einer suggerieren will? *Er zeigt auf den 1. Kardinal.*

PROFESSOR Das wär ja noch schöner, Heiligkeit. Besonders bei den jüngeren Katholiken habt Ihr viel Leidenschaft, viel Engagement geweckt. Hört, wie sie nach Euch rufen!

* ACNA. Die Anlagen der Chemiefirma ACNA in Cengio, im Besitz von Enimont, also eines parastaatlichen Konzerns, wurden wegen Wasservergiftung (Bermidafluß) und Umweltschäden im Sommer 89 vom Umweltminister stillgelegt. Cengio liegt nordöstlich von Savona in den ligurischen Alpen, 25 km vom Meer entfernt. Nach Protesten der Beschäftigten gegen die Schließung wurde ein Sanierungskonzept erarbeitet.

MAGIERIN Wirklich, sie mögen Euch!

1. PRIESTER Ihr müßt hinausgehen, mit ihnen sprechen, Heiliger Vater...

1. KARDINAL Ich muß schon sagen! Das wäre Wahnsinn, erstens vom politischen Standpunkt her betrachtet. Denn diese Wirrköpfe wollen Euch in der Tat bis zu einem Schisma treiben! Außerdem droht Euch Gefahr durch Heckenschützen, die garantiert hinter den Statuen an der Fassade, auf den Terrassen lauern.

PROFESSOR Blödsinn, auf den Terrassen sind Scharfschützen von der Sondereinheit postiert.

MAGIERIN Gerade die machen mir Sorgen.

HAUPTMANN *steuert sicheren Schrittes das Fenster an* Nein, auf die ist Verlaß. *Man hört einen Schuß.* Nicht allzuviel. *Er fällt tot zu Boden.*

PAPST Wie schrecklich, er ist tot!

PROFESSOR Weg, Heiligkeit, duckt Euch!

1. KARDINAL *zeigt nach draußen* Habt Ihr gesehn? Das war einer von Euren Scharfschützen!

MAGIERIN Scharf, aber kurzsichtig! Er hat nämlich den Helm das Hauptmanns mit der Papstmitra verwechselt.

Ein Funkgerät piept. Der Kardinal hantiert, um es aus der Tasche zu ziehen.

1. KARDINAL Entschuldigt, man ruft mich. *Er antwortet am Funkgerät.* Selbstverständlich. Bin sofort da. *Zum Papst.* Bedaure, ich muß ganz dringend runter. Ihr gestattet, Heiligkeit. *Ab.*

PAPST Gut, bis bald. Dem scheint das alles nichts auszumachen. Wenn ihm doch das Walkie-Talkie in der Tasche explodierte!

Die zwei Nonnen holen eine Silberbüste auf einer Säule und stellen sie zum Schutz neben den Papst.

PAPST Heiliger Callistus, beschütze mich.
MAGIERIN Hört zu, wenn ich mir Eure Portraitbüste dahinten betrachte, kommt mir eine Idee.

Der Professor geht ab.

PAPST Ihr wollt sie ans Fenster stellen?
MAGIERIN Genau. Fehlt nur noch ein Freiwilliger, der sie hält...
PAPST Ein Freiwilliger? Ein Kamikazekandidat, wollt Ihr sagen, der sich aufopfert, und statt meiner die Zielscheibe spielt.
MAGIERIN Wir finden schon einen, Heiligkeit. *Sie läuft hinaus.*

Der Professor kommt. Er trägt die Papstbüste.

PROFESSOR Da ist sie.
WACHE *zum Professor* Runter! *Man hört einen Schuß.*
PROFESSOR *läuft gebeugt nach vorn, um nicht getroffen zu werden* Ich hab auch eine gute Nachricht. Euer Giftvorkoster lebt, es geht ihm besser.

Das uns bekannte Mönchlein tritt auf.

MÖNCH Da bin ich!
WACHE Runter! *Der Mönch duckt sich rechtzeitig; man hört einen Schuß.*
PAPST Oh, wie mich das freut.

Die Magierin kommt. Sie trägt einen langen Morgenrock, der dem Papst gehört.

MAGIERIN Ich hab ihn gefunden!

WACHE *zur Magierin* Kopf runter! *Ein Schuß.*

PAPST Eine verfluchte Ballerei ist das! Man kommt sich vor, wie in Palermo, am Tor vom Knast, wenn ein Kronzeuge rauskommt!

MAGIERIN *kniend* Hier ist der Morgenrock. *Zum Mönch.* Brüderchen, sagt, wo Ihr beinah schon gestorben wärt – könnt Ihr nicht den Papstkopf aufsetzen, diesen Papstrock anziehen, und für den Papst den Papst spielen? *Der Mönch verneint heftig. Die Magierin zwingt ihn, indem sie mit der Hand auf seinen Kopf drückt, zu nicken.* Er hat ja gesagt! Bravo, junger Mann!

PAPST Danke, Ihr seid sehr hochherzig. Wartet, wir wollen Vorsichtsmaßnahmen treffen. Zieht zuerst ein Panzerhemd unter. *Zur Schweizer Garde.* Ihr da!

WACHE *tritt näher* Eure Heiligkeit befehlen?

CHOR Runter! *Der Mann bückt sich, ein Schuß fällt.*

PAPST Bitte gebt ihm Eure Rüstung. Los, helft ihm beim Anlegen.

PROFESSOR Heiligkeit, auch für Euch wäre es besser, eine Rüstung zu tragen, samt Helm. Kommt, ich helfe Euch, die Sachen des Hauptmanns anzulegen, den es vorhin erwischt hat.

PAPST Ob das kein Unglück bringt? Gut, ich komme, aber nur mit dem Schutz des Bronzeheiligen. *Er ruft laut nach draußen.* Es ist sinnlos zu schießen, der Heilige schützt mich! *Ein lauter Schlag.* Formigoni, du militanter Bruder! Ich hab dich gesehn, mit deiner Knarre!

Professor und Papst gehen nach hinten ab. Die Magierin, die Wache und der als Papst verkleidete Mönch kommen. Der junge Mönch ist wohl gerüstet. Auf seinem Kopf sitzt der Papstkopf, darauf die Mitra; der Morgenmantel liegt auf den Schultern der Papstbüste auf.

MAGIERIN *zu den Nonnen* Helft mal. *Die Nonnen nehmen ein großes Heiligenbild von der Wand und tragen es zur Vorbühne.* Duckt Euch! *Die Gruppe sucht hinter dem Bild Deckung.* Nun, Brüderchen, zeig Dich am Fenster, heb die ausgebreiteten Arme hoch, ganz wie der Heilige Vater. Währenddessen wird der echte Heilige Vater da hinten ins Mikrophon sprechen. *Sie hat die Verkleidung des Mönchs beendet.* Wie fühlt Ihr Euch?

Der Lärm nimmt zu; der Professor kommt.

CHOR Duckt Euch! *Schuß.*
PROFESSOR Seid Ihr soweit mit dem Double?

Eine brasilianische Nonne kommt. Sie wirft sich vor der lebenden Marionette auf die Knie.

BRASILIANISCHE NONNE Heiliger Vater, endlich begegne ich Euch!
WACHE *versucht sie aufzuhalten* Zurück! Meldet Euch zur Audienz, nicht hier!
BRASILIANISCHE NONNE *reißt sich los* Allerheiligster Vater, ich kleine brasilianische Nonne liege hier, um Euch tiefen Dank auszusprechen . . .
PROFESSOR Nein, Heiligkeit sind momentan sehr bestürzt . . .

BRASILIANISCHE NONNE Gedankt sei dem Heiligen Pontifex im Namen unserer Brüder, der Indios, die er mit seiner Enzyklika ...

MAGIERIN Schwester aus Brasilien, Ihr stört! Später, später! Jetzt muß der Papst sich auf dem Balkon zeigen!

BRASILIANISCHE NONNE *zieht eine Pistole, treibt die Wache mit einem Hieb beiseite* Zeig dich ruhig auf deinem Balkon, aber als Leiche! *Sie schießt der Marionette in die Brust.* Roter Papst, Kommunist, krepier! *Sie schießt auf die zwei Nonnen, die Wache und den Professor. Alle fallen zu Boden. Sie zielt auf die Magierin.*

MAGIERIN Ich gehör nicht dazu, ich bin nur zu Besuch!

BRASILIANISCHE NONNE Ist scheißegal, müssen alle sterben! *Sie zielt auf die Magierin, die Waffe versagt.* Puta de mierda! Sie ist leer! *Sie wirft die Pistole weg, reißt dem Papstdouble die Mitra vom Kopf, setzt sie auf und läuft zum Fenster.* Er ist tot! Der Papst ist tot! *Man hört einen Schuß; die brasilianische Nonne fällt tot zu Boden.*

MAGIERIN Sind jetzt alle tot? *Zum Professor, der rücklings auf der Erde liegt.* Wie stehts, Professor?

PROFESSOR *erhebt sich* Danke, gut.

Der Papst kommt. Er ist als Hauptmann der Schweizer Garde verkleidet.

MAGIERIN *zum Papst* Kopf runter! *Schuß.*

PAPST Entsetzlich, so viele Tote wegen mir. Mich wollen sie tot sehen, und ich bleibe am Leben!

PROFESSOR Das kann man leider von diesen Schwestern und Ordensbrüdern nicht behaupten.

MAGIERIN Der arme Giftkoster, hat in zehn Minuten zweimal sterben müssen. Ein Pechvogel.

PAPST Mein Gott, dieser Dickschädel, hat sich zweimal für mich geopfert!

Zwei schwarze Brüder mit Kapuzen tragen einen Katafalk auf die Bühne. Der als Papst verkleidete Mönch wird aufgebahrt. Die Magierin hebt die Papstmitra auf und legt sie dem falschen Pontifex auf den Bauch.

MAGIERIN Treue hat eben auch ihre Nachteile.

PAPST Nein, das darf nicht so weitergehn mit diesem Blutbad. Nehmt ihm das Zeug vom Leib, entkleidet ihn.

MAGIERIN Nicht, Heiligkeit, hört auf mich. Er muß alles anbehalten, er bleibt als Papst verkleidet und Ihr in Eurem Schweizerkostüm.

PAPST Den Schweizer nimmt mir doch keiner ab!

MAGIERIN Ihr seid ein tadelloser Schweizer.

Ein Mönch mit Kapuze. Er trägt eine Aktenmappe, wendet sich an den verkleideten Papst.

KAPUZINER Bist du Schweizer?

PAPST Jaja…

KAPUZINER Aus Bern?

PAPST Aus Bern.

KAPUZINER *übergibt dem Papst die Tasche* Im Auftrag eines gewissen Carboni.* *Ab.*

PAPST Carboni… die Tasche! Die Tasche von Calvi!

* Carboni: Vertrauensmann und Kurier von Calvi.

MAGIERIN Weg, wegwerfen!
PAPST Wieso denn, sie enthält brisante Dokumente!
MAGIERIN Werft sie weg!

Der Papst wirft die Tasche hinter die Kulissen. Man hört einen lauten Knall, danach Blitz und Rauch.

PAPST Die waren in der Tat brisant.

Der 1. Kardinal kommt und geht zum Katafalk.

1. KARDINAL Ist das wahr, was ich rufen hörte? *Der als Hauptmann verkleidete Papst stellt sich hinter dem Katafalk auf.* Man soll auf den Heiligen Vater geschossen haben?!
MAGIERIN Ja, er ist regelrecht durchsiebt, er atmet nicht mehr.
1. KARDINAL *wirft sich auf den Körper des Doppelgängers* Eiskalt ist er, und das Blut... Er ist tot! *Er läuft zum Fenster und schreit.* Man hat den heiligen Vater ermordet! Er ist tot! Der Heilige Vater ist umgebracht worden! Er ist tot! *Er läuft schreiend hinaus.*
PAPST Was ruft Ihr da! Wartet, ich bin am Leben!

Der Kardinal brüllt hinter den Kulissen weiter.

1. KARDINAL Er ist tot!
PAPST Ich lebe!
1. KARDINAL Er ist tot!
PAPST Du Unglücksrabe!
MAGIERIN *hält ihn auf* Laßt ihn gehn, es ist besser, er ruft die Neuigkeit aus!

PAPST Die Neuigkeit, daß ich ermordet wurde?
MAGIERIN Glaubt mir, in dieser Situation ist es besser, man hält Euch für tot.

Es treten auf: der Kardinal Privatsekretär, der zweite und ein dritter Kardinal. Ihnen folgen Mönche und Nonnen in schwarzen Kutten, Kapuzen über die Köpfe gezogen. Sie tragen vier große Kerzenleuchter, die sie an den Ecken des Katafalks aufstellen. Vor den Katafalk werden Kissen gelegt, rundherum drei hohe Stühle aufgestellt. Alle Kapuzenträger stellen sich hinten auf. Einschließlich Professor und Papst hält jeder ein Meßbuch in der Hand.

2. KARDINAL Oh, welch schreckliches Unglück!
3. KARDINAL Ein abscheußliches Verbrechen!
1. KARDINAL Gott der Herr schickt uns eine schlimme Prüfung!

ALLE IM CHOR Examina nos pretende dei!

2. KARDINAL Wie ist das passiert?
3. KARDINAL Wer hat ihn umgebracht?

MAGIERIN Ihre Heiligkeit zeigte sich am Balkon...

1. KARDINAL Schon gut, das könnt Ihr uns später erzählen.

Die Prälaten knien auf die Kissen nieder, mit dem Rücken zum Publikum.

2. KARDINAL Post tempera melior nunca sapere.
3. KARDINAL Warum hat Gottes Hand uns so hart schlagen müssen.

CHOR Te acclamabit pater et fulgitur fuit.

2. KARDINAL Orridum eliamos... Nie zuvor in der Geschichte der Kirche...

3. KARDINAL Wurde ein Papst umgebracht.

1. KARDINAL Nie? Nein, das passiert nicht zum ersten Mal!

2. KARDINAL Stimmt, doch diese Päpste hatten es vermutlich verdient.

3. KARDINAL Gewiß, die Toten waren für die Kirche eine Befreiung.

1. KARDINAL Dieser jedoch, ein Märtyrer...

3. KARDINAL Ein Märtyrer, ganz gierig auf das Martyrium!

2. KARDINAL Oh ja, zuweilen hat ers drauf angelegt, der heilige Mann.

CHOR Deus gratia acclamabunt!

Die Prälaten setzen sich auf die hohen Stühle.

2. KARDINAL Die Hand Gottes war es, die ihn zu sich gerufen hat.

MAGIERIN Genau, die Mafia nennt sich auch »mano di Dio«.

3. KARDINAL Wie sagtet Ihr, Schwester?

MAGIERIN Die Camorrha hingegen nennt sich »tocco dello Spirito Santo«, das heißt Griff des Heiligen Geistes.

CHOR Laude, laude, in gloria tuam!

2. KARDINAL Wir können keinen logischen Zusammenhang erkennen.

Von hinten kommt der Professor.

PROFESSOR Da, ich hab eine Wanze gefunden. *Er zeigt ein kleines Ding.*

1. KARDINAL Eine was?

PROFESSOR Eine Horchwanze, anders gesagt, ein Minimikro, für den Lauschangriff.

1. KARDINAL Lauschangriff!?

PROFESSOR Ich hab noch eine zweite entdeckt, die war im Telefonhörer versteckt. *Er zeigt ein noch kleineres.*

MAGIERIN Man sieht, der Heilige Vater ist auf Schritt und Tritt kontrolliert und ausgehorcht worden.

1. KARDINAL Da Ihr den Papst entfernt habt – ich wollte sagen, das Mikro entfernt...

CHOR DER KARDINÄLE Braucht man den Papst nicht mehr.

1. KARDINAL Braucht man den Wanze nicht mehr!

CHOR Exaude gloria nos, Alleluia!

MAGIERIN Minispione in allen Ecken – man kommt sich vor, wie im Justizpalast von Palermo!

PROFESSOR Und wer mag diesmal der Informant sein?*

CHOR DER KARDINÄLE Der Informant?

CHOR Nunque intendemus. *Vom Platz her ist lautes Stimmengewirr zu hören.*

1. KARDINAL Hört Ihr das Geschrei?

* Im Justizpalast von Palermo entdeckte man in den Räumen, in denen die Antimafiakommission tagte, ca. 80 Telefonanzapfungen, was beweist, die Mafia hat direkt in diesem Gebäude gearbeitet.
Der Vorsitzende Richter der Kommission, Falcone, wurde vor einem gescheiterten Bombenattentat mehrmals in anonymen Briefen vorgewarnt, die die Unterschrift »il corvo« trugen. Corvo ist die Krähe, der Rabe, im übertragenen Sinn auch der Unglückbringer. Im Text fragt der Professor: »Wer weiß, wer diesmal der ›corvo‹ ist?«, der Chor der Kardinäle antwortet erstaunt: »Corvo?« Ein kaum übersetzbares Wortspiel.

2. KARDINAL *durch die Zähne* Diese Bande von Chaoten! Das ist eine Provokation! *Zum Papst-Hauptmann.* Geht nach unten, Hauptmann, treibt sie mit aller Gewalt auseinander!

PAPST-HAUPTMANN Mit der Gewalt – einer einzigen Truppe, Eminenz?

1. KARDINAL Ich schätze sie auf zwei- bis dreihunderttausend!

PAPST-HAUPTMANN Gestattet mir die Bemerkung, es war ein Fehler, uns als Schweizer Garde nicht mit mindestens hundert Panzern auszurüsten, schweren Panzern!

1. KARDINAL Du meine Güte, nein! Die wirksamste Waffe ist immer die Mäßigung. Man muß politisch handeln, entgegenkommen, vermitteln, sie richtig zu nehmen wissen –

CHOR Utque versum stracere.

Der 1. Kardinal läßt sich von einem Mönch ein Räucherfaß reichen. Er schwenkt es; Räucherwolken steigen auf.

2. KARDINAL Wir werden ein Prüfungsverfahren zur Seligsprechung unseres unvergeßlichen Heiligen Vaters und Märtyrers einleiten!

CHOR Santus, santus, Petrus et Pauli fuerunt!

3. KARDINAL Es wird gewiß recht lange dauern.

2. KARDINAL Man sollte nichts übereilen.

KARDINALSCHOR Tempore probi et savi sunt.

CHOR Geloben und übereinstimmen...

KARDINALSCHOR Verschleppen und auflaufen lassen... verschieben und ausweichen.

1. KARDINAL Vor uns liegt eine Übergangszeit, dann, vor dem Konklave, eine Unterbrechung...

Er übergibt das Weihrauchfaß an den 3. Kardinal.

3. KARDINAL Das Konklave wird recht schwierig ...

2. KARDINAL Schwarzer Rauch, wieder und wieder –

1. KARDINAL Doch schließlich wird ein neuer Papst bestimmt, ein listiger Papst mit sanftmütiger Miene, er kränkelt ein wenig ...

PAPST-HAUPTMANN Klar, die besten Päpste leben nur kurze Zeit, noch besser, sie krepieren sofort!

KARDINALSCHOR Seid Ihr von Sinnen, Hauptmann? Was sind das für Töne!

3. KARDINAL Ist das die rechte Ausdrucksweise, angesichts unseres heiligen Märtyrers?

PAPST-HAUPTMANN Märtyrer, daß ich nicht lache! Ein dumpfer Fanatiker und Starrkopf war er! Was für eine Idee, die Mafia demontieren, ja abschaffen zu wollen! Hinter ihr steht doch ein ganzes Geflecht von Interessen, die erst das Gleichgewicht im Land garantieren!

1. KARDINAL Sicher, das mag eine Utopie sein, aber ...

PAPST-HAUPTMANN Das nennst du Utopie? Politik, Wirtschaft, der gesamte Finanzmarkt, alles fliegt auf! Tausende von Arbeitskräften, die im Drogengeschäft ihr Geld verdienen, in den Geldwaschanlagen der Narco-Dollar, werden gefeuert. Die Banken, die Firmen, die davon abhängen – alles geht den Bach runter. Aberhunderte von überflüssigen Mäulern müssen gesättigt werden, die Alten, die immer länger leben – und Millionen Farbige überfluten Europa!

1. KARDINAL Schon gut, es war Wahnsinn – aber mäßigt Eure Sprache!

CHOR Verbum molestus deprecamus!

PAPST-HAUPTMANN *aggressiv, in slawischem Gramelot** Ma vadoonà meschiskaia vescvia... vadoons chia cabrimka! *Er ergreift das Weihrauchfaß, schwenkt es drohend gegen die Kardinäle.*

1. KARDINAL Was hat er gesagt? Was fällt ihm ein!

CHOR Ellitur conficere!

3. KARDINAL Wie sprecht Ihr!

PAPST-HAUPTMANN Eascariosia steromà-alunca cardilala... brumbùania!

2. KARDINAL Ich glaube, er beschimpft uns!

CHOR In mescula intrisus calamus!

PAPST-HAUPTMANN Ummelia Kauschia – ebey paradoé avaschiara!

1. KARDINAL Redet ordentlich, Hauptmann!

PAPST-HAUPTMANN Ayusca vineschiana!

3. KARDINAL Welch ein Ton! Was für Manieren!

1. KARDINAL Potens amelita! Wer gibt Euch das Recht zur Einmischung, uns anzupöbeln!

PAPST-HAUPTMANN Stariota ameschima meschinaia! *Er redet frei in slawischem Gramelot weiter; dabei schwenkt er das Weihrauchfaß über den Köpfen der Kardinäle.*

KARDINALCHOR Es ist verrückt, was fällt ihm ein!

PAPST-HAUPTMANN *wieder nach Belieben in slawischem Gramelot.*

KARDINALSCHOR Hilfe! Wer seid Ihr!

CHOR Der Satan?!

* Gramelot: Kunstsprache, die auf onomatopoetischen Elementen beruht und Fo dazu dient, auf der Bühne fremde Sprachen zu simulieren.

Der Papst befreit sich von dem Helm, ergreift die Mitra und setzt sie auf. Dann setzt er sich auf den erhöhten Stuhl im Zentrum der Bühne und erhebt die Arme.

PAPST *in lateinischem Gramelot* Astra umus suntum Papam!

Alle beugen die Knie.

GROSSER CHOR Der Papst ist auferstanden!
MAGIERIN Oh nein, Ihr macht einen großen Fehler, Heiligkeit!
PROFESSOR Ihr hättet Euch nicht verraten dürfen!

Der Papst steht auf und singt einen gregorianischen Gesang, unterlegt von einem mächtigen Gloria. Sein Gesang wird von einem Schuß unterbrochen. Einen Moment lang bleibt der Papst wie erstarrt, mit ausgebreiteten Armen, dann fällt er leblos nach hinten auf den Stuhl.

MAGIERIN *tritt mit dem aufgeschlagenen Meßbuch in der Hand an die Rampe* Wie sagte doch der Heilige Augustinus: »Wehe dem Mächtigen, der sich auf die Seite derjenigen stellt, die keine Macht haben.«

Der gregorianische Chorgesang wird lauter, während das Licht langsam ausgeht.

ENDE

Wir weisen darauf hin, daß in diesem Stück mit Absicht Küchenlatein gesprochen wird.

Die Uraufführung von DER PAPST UND DIE HEXE fand am 31. Oktober 1989 im Teatro Faraggiana (Novara) statt. Die Übersetzung folgt der endgültigen Textfassung vom Mai 1990 und der Aufzeichnung der Aufführung am 23. März 1990 in Florenz.
Bühnenmanuskript: Franca Rame.

Dario Fo, geboren am 24.3.1926 in San Giano am Lago Maggiore. 1958 gründet er zusammen mit seiner Frau Franca Rame die Theatergruppe »La compagnia Fo – Rame«, für die er als Schauspieler, Regisseur und Autor von Komödien und Liederabenden arbeitet. Nach der Mitarbeit in der Theaterkooperative »Nuova Scena« innerhalb der ARCI, einer von der PCI getragenen Kulturorganisation, gründet er 1970 in Mailand das Theaterkollektiv »La Comune«, das einige Jahre in einem festen Haus, der »Palazzina Liberty«, spielt. 1981 erhält er den C.J. Sonning-Preis der Universität Kopenhagen, 1985 den in diesem Jahr zum ersten Mal vergebenen Rainer-Werner-Fassbinder-Preis des Münchner Theaterfestivals, 1997 den Literatur-Nobelpreis.

Theaterstücke: Il dito nell'occhio, Uraufführung 1953; Sani da legare, 1954; Ladri, manichini e donne nude. Vier Einakter: L'uomo nudo e l'uomo in frac, Non tutti i ladri vengono per nuocere, Gli imbianchini non hanno ricordi, I cadaveri si spediscono e le donne si spogliano *(Diebe, Damen, Marionetten. Vier Einakter: Der Nackte und der Mann im Frack, Der Dieb, der nicht zu Schaden kam, Anstreicher sind vergeßlich, Leichen verschickt man, Frauen ziehen sich aus)* U 1958; Comica finale. Vier Einakter: Un morto da vendere, La Marcolfa, I tre bravi, Quando sarai povero, sarai rè *(Comica finale. Vier Einakter: Ein Toter zu verkaufen, Die Marcolfa, Die drei Tapferen, Wenn du arm bist, bist du König)* U 1958; Gli arcangeli non giocano a flipper *(Erzengel flippern nicht)* U 1959; Aveva due pistole con gli occhi bianchi e neri *(Er hatte zwei Pistolen und seine Augen waren schwarz und weiß)* U 1960; Storia vera di Piero d'Angera, che alla crociata non c'era, 1961; Chi ruba un piede è fortunato in amore *(Wer einen Fuß stiehlt, hat Glück in der Liebe)* U 1961; Isabella, tre caravelle e un cacciaballe *(Isabella, drei Karavellen und ein Scharlatan)* U 1963; Settimo: Ruba un po' meno *(Siebentens: Stiehl ein bißchen weniger)* U 1964; La colpa è sempre del diavolo U 1965; La fine del mondo, entstanden 1967, U 1983; La signora è da buttare *(Die Frau zum Wegschmeißen)* U 1967; Grande pantomima con pupazzi piccoli e medi, U: 1968; Mistero buffo *(Mistero buffo)* U 1969; L'operaio conosce 300 parole, il padrone 1000: per questo lui è il padrone *(Der Arbeiter kennt 300 Wörter, der Herr 1000: Deshalb ist er der Herr)* U 1969; Lega mi pure, che tanto spacco tutto lo stesso, U 1969; Vorrei morire anche stasera se dovessi sapere che non è servito a niente, U 1970; Morte accidentale di un anarchico *(Zufälliger Tod eines Anarchisten)* U 1970; Morte e resurrezione di un pupazzo, U 1971; Tutti uniti, tutti insieme ... Ma scusa, quello non è il padrone? *(Einer für alle, alle für einen ... Verzeihung, wer ist hier eigentlich der Boß?)* U 1971; Fedayn U 1971; Ordine per Dio.000.000!!! U 1972; Pum! Pum! Chi è? La polizia! U 1972; Basta con i fascisti U 1973; Porta e Belli U 1974; Non si paga, non sie paga! *(Bezahlt wird nicht)* U 1974; Il Fanfani rapito,

U 1975; La giullarata U 1975; La marijuana della mamma è la più bella *(Mamma hat den besten Shit)* U 1976; Tutta casa letto e chiesa *(Nur Kinder Küche Kirche)* U 1977; Storia della tigre ed altre storie *(Geschichte einer Tigerin und andere Geschichten)* U 1979; Clacson, trombette e pernacchi *(Hohn der Angst)* U 1979; L'opera dello sghignazzo *(Die Oper vom großen Hohngelächter)* U 1981; Fabulazzo osceno *(Obszöne Fabeln)* U 1982; Una madre *(Eine Mutter)* U 1982; Coppia aperta *(Offene Zweierbeziehung)* U 1983; Quasi per caso una donna: Elisabetta *(Zufällig eine Frau: Elisabeth)* U 1984; Dio li fa, poi li accoppa 1984; Hellequin. Harlekin. Arlecchino *(Harlekin)* U 1985; Diario di Eva *(Evas Tagebuch)* U 1985; Il ratto della Francesca *(Der Raub der Francesca)* U 1986; Parti femminili Stück in zwei Teilen: Coppia aperta *(Offene Zweierbeziehung,)* Una giornata qualunque *(Ein Tag wie jeder andere)* U 1986; La parte del leone, U 1987; Lettera dalla Cina, U 1989; Storia di Qu 1989; Il ricercarto, 1989; Il papa e la strega *(Der Papst und die Hexe)* U 1989; Zitti! Stiamo precipitando! *(Ruhe! Wir stürzen ab)* U 1990; Parliamo di donne. Zwei Einakter: L'eroina *(Die Heroine)*, Grassa è bello *(Die Dicke)* U 1991; Joan Padan a la descoverta de le Americhe *(Johan vom Po entdeckt Amerika)* U 1991; Mamma! I sanculotti! *(Hilfe, das Volk kommt!)* U 1993.

Aufführungsrechte im Verlag der Autoren:
Mistero Buffo; Zufälliger Tod eines Anarchisten; Einer für alle, alle für einen! ... Verzeihung, wer ist hier eigentlich der Boß?; Bezahlt wird nicht!; Mamma hat den besten Shit; Obszöne Fabeln; Zufällig eine Frau: Elisabeth; Der Papst und die Hexe; Johan vom Po entdeckt Amerika; Hilfe, das Volk kommt!

Eine ausführliche Bibliographie der Werke Dario Fos enthält der Band *Hilfe, das Volk kommt!* in der Theaterbibliothek des Verlags der Autoren.

BÜCHER IM VERLAG DER AUTOREN

Allgemeines Programm

Rolf Boysen, Nachdenken über Theater
Dario Fo, Kleines Handbuch des Schauspielers
Bernard-Marie Koltès, Flucht zu Pferd bis ans Ende der Stadt
Heiner Müller, Gesammelte Irrtümer 1-3
Peter Rosei, Verzauberung
Botho Strauß, Versuch, ästhetische und politische Ereignisse zusammenzudenken
Peter Urban (Hrsg.), Fehler des Todes
Friedrich Karl Waechter, Die letzten Dinge

Theaterstücke

Konrad Bayer, theatertexte
Augusto Boal, Mit der Faust ins offene Messer
Walter Boehlich, 1848
Karlheinz Braun (Hrsg.), MiniDramen
Ken Campbell, Mr. Pilks Irrenhaus
Daniil Charms, Theater!
Pierre Corneille, Der Cid / Spiel der Illusionen
Wolfgang Deichsel, Werke. Band 1 Etzel; Band 2 Der hessische Molière; Band 3 Frankenstein I. Aus dem Leben der Angestellten; Band 4 Frankenstein II. Die Zelle des Schreckens; Band 6 Komiker
Hans Magnus Enzensberger, Nieder mit Goethe! / Requiem für eine romantische Frau
Rainer Werner Fassbinder, Sämtliche Stücke
Ludwig Fels Soliman / Lieblieb

Ludwig Fels, Sturmwarnung
Dario Fo, Diebe, Damen, Marionetten
- Hilfe, das Volk kommt!
- Johan vom Po entdeckt Amerika
- Obszöne Fabeln / Mistero Buffo
- Der Papst und die Hexe
- Wer einen Fuß stiehlt, hat Glück in der Liebe
Jean Genet, Splendid's / Sie
Wilfried Happel, Das Schamhaar / Mordslust
Gert Jonke, Opus 111
Bernard-Marie Koltès, Kampf des Negers und der Hunde / Die Nacht kurz vor den Wäldern
- Prolog und andere Texte
- Roberto Zucco / Tabataba
- Rückkehr in die Wüste
- Sallinger
Fitzgerald Kusz, Stücke aus dem halben Leben
- Let it be. Drei Stücke von der Liebe
- Schweig, Bub! / Letzter Wille
Labiche/Botho Strauß, Das Sparschwein
Dea Loher, Fremdes Haus
- Olgas Raum / Tätowierung / Leviathan
Molière, Der Menschenfeind / Der Tartuffe
Klaus Pohl, Das Alte Land
- Karate-Billi kehrt zurück / Die schöne Fremde
- La Balkona Bar / Hunsrück
Jean Racine, Berenike / Britannicus
- Phädra / Andromache
Gerhard Rühm, theatertexte
Hansjörg Schneider, Der Irrläufer
Hjalmar Söderberg, Gertrud / Abendstern
Susan Sontag, Alice im Bett
Vladimir Sorokin, Dysmorphomanie/Das Jubiläum
- Pelmeni / Hochzeitsreise

Kerstin Specht, Lila / Das glühend Männla/Amiwiesen
– Carceri / Mond auf dem Rücken / Der Flieger
Theaterteksten. Sieben Stücke aus Flandern und den Niederlanden
Friedrich Karl Waechter, F.K. Waechter's Erzähltheater
Theresia Walser, Kleine Zweifel / Das Restpaar
Urs Widmer, Jeanmaire. Ein Stück Schweiz
– Die lange Nacht der Detektive
– Nepal / Der neue Noah
– Der Sprung in der Schüssel / Frölicher - ein Fest
– Stan und Ollie in Deutschland / Alles klar
– Top Dogs
Karst Woudstra, Das stille Grauen eines Wintertages in Ostende / Strand

Kinder- und Jugendtheater

Ken Campbell, Fazz und Zwoo / Die Schlündelgründler
Dirk H. Fröse (Hrsg.), Schwedisches Kindertheater
– Schwedische Theaterstücke für Kinder
Wilfried Grote, Hinter den sieben Tapeten
Kindertheater aus den Niederlanden
Wolfgang Schneider (Hrsg.) Theatre for Children – Made in Germany, Nine contemporary plays
F. K. Waechter, Kiebich und Dutz / Pustekuchen
– Der Schweinehirtentraum / Die Bremer Stadtmusikanten
F.K. Waechter / Ken Campbell, Schule mit Clowns Ausflug mit Clowns
Spielplatz 1 – 11. Die Anthologie Spielplatz enthält jeweils die besten Kindertheaterstücke des Jahres. Sie erscheint in jedem Frühjahr und kann auch im Abonnement bezogen werden

Film

Federico Fellini, Ich bin ein großer Lügner
Edgar Reitz, Drehort Heimat
Helma Sanders-Brahms, Das Dunkle zwischen den Bildern
Scorsese über Scorsese
Douglas Sirk, Imitation of Life
François Truffaut, Die Filme meines Lebens
Wim Wenders, The Act of Seeing
– Emotion pictures
– Die Logik der Bilder
– Einmal
– Tokyo Ga
– Die Zeit mit Antonioni
Fassbinders Filme
Band 2: Warum läuft Herr R. Amok? / Rio das Mortes / Whity / Die Niklashauser Fart / Warnung vor einer heiligen Nutte
Band 3: Händler der vier Jahreszeiten / Angst essen Seele auf / Fontane Effi Briest
Band 4/5: Acht Stunden sind kein Tag
Andreas Rost (Hrsg.), Reden über Film
Band 1: Bilder der Gewalt
Band 2: Der schöne Schein der Künstlichkeit
Band 3: Der zweite Atem des Kinos
Band 4: Zeit, Schnitt, Raum

Dario Fo im Verlag der Autoren

Theaterbibliothek

Diebe, Damen, Marionetten
Vier Farcen in einem Akt. Deutsch von Peter O. Chotjewitz und Renate Chotjewitz-Häfner

Wer einen Fuß stiehlt, hat Glück in der Liebe
Deutsch von Peter O. Chotjewitz

Der Papst und die Hexe
Deutsch von Renate-Chotjewitz-Häfner

Johan vom Po entdeckt Amerika
Deutsch von Peter O. Chotjewitz

Hilfe, das Volk kommt!
Deutsch von Peter O. Chotjewitz

Mistero Buffo / Obszöne Fabeln
Szenische Monologe
Deutsch von Peter O. Chotjewitz

Video Mistero Buffo
Video-Aufzeichnung der legendären Aufführung Dario Fos in italienischer Sprache mit einem Begleitbuch der deutschen Übersetzung.

Kleines Handbuch des Schauspielers
Deutsch von Peter O. Chotjewitz

Dieses Handbuch des Schauspielers ist Dario Fos höchst fröhliche Wissenschaft vom Theater, eine kenntnis- und materialreiche Theatergeschichte ebenso wie ein Lehrbuch der Schauspielkunst, entstanden aus den Traditionen und Travestien eines universellen kulturellen Erbes. Es ist die Summe von Fos Theaterarbeit, eines ebenso politisch-moralischen wie innovativ-unterhaltsamen Werkes.

»Das Handbuch ist die Ausbeute eines sechstägigen Seminars für Schauspieler und Schauspielschüler, das Fo vor einigen Jahren im römischen Teatro Argentina gehalten hat: Der Band enthält nicht pur das Transkript des Tonbandmitschnitts nebst erläuternden Beschreibungen der szenischen Aktivitäten Fos, sondern der Seminarleiter hat die verschriftlichte Dokumentation redigiert und in einem wahren Raubzug durch eigene Notizen, Vorlesungsmanuskripte und Vortragsskizzen ergänzt. Entstanden ist so ein furioser ‚tour d'horizont' durch alles, was Fo in Sachen Theater, Drama und Schauspielkunst mitteilenswert erschien.“
Rainer Bohn, Medienwissenschaft